mausmeer

tamara bach

mausmeer

CARLSEN

»Pure Vernunft darf niemals siegen
Wir brauchen dringend neue Lügen«
Tocotronic – Pure Vernunft darf niemals siegen

»Holiday! Celebrate!«
Madonna – Holiday

Für Markus

Er sagt »Hey«, sagt es laut.
Ich bin wach. Ich mache die Augen auf und er fragt: »Bist du wach?« Er macht das Licht an, sitzt neben meinem Bett. Zappelt.
Ich muss blinzeln, zu hell.
»Ich bin durchs Fenster geklettert«, sagt er.
»Warum hast du denn nicht die Tür benutzt?«
Ich gähne und schau ihn dann an.
Er zuckt mit den Schultern. Steckt einen Finger in ein Nasenloch. Das Knie im Rhythmus zu irgendwas. Er zieht den Finger aus der Nase und steckt ihn in den Mund.
»Wie spät ist es?«, frage ich.
»Ich habe heute gelernt, dass Rolltreppen in Deutschland eine Höchstgeschwindigkeit von 2,7 km/h haben.«
Ich setze mich auf, reibe mir die Augen. »Hast du gekokst?«
»Drogen sind für Arschlöcher.«
Ich glaub ihm nicht.
»Ich bin auf Mate.«
Ich suche nach einer Uhr. Finde sie nicht. Um sechs muss ich aufstehen.
»Geh«, sag ich zu ihm. Dann guckt er mich an, lächelt. Sagt »Okay« und steht auf.
Als er die Tür aufmacht, dreht er sich um, »Wie lang bist du denn hier?«, fragt er.

»Die ganzen Semesterferien. Bis April.«
Er nickt.
»Du hast deinen Schlüssel verloren, oder?«, frag ich.
Er grinst, zuckt mit den Schultern und schließt die Tür. Ich höre seine Schritte auf der Holztreppe. Mache das Licht aus, lege mich hin. Und dann frag ich mich, wie er ins Dachgeschoss geklettert ist.

mittwoch

»Sei Pippi, sei nicht Annika«, sagt er. Er sagt es einmal am Nachmittag, als ich frage, ob ich dableiben muss. Weil ich lieber noch an was arbeiten möchte. Da hat er die Augen groß gemacht, mir eine Hand auf die Schulter gelegt und gesagt, dass er ja nur einmal achtzehn wird. Und ich als seine Schwester. Und dann eben den Spruch mit Pippi.
Er hat gesagt, dass er nüchtern bleibt, dass er eh mehr und mehr zum Straight Edger wird. Nur vegan schafft er noch nicht. »Noch«, hat er gesagt.
Dann hat er sich mit Edding ein X auf den Handrücken gemalt und das jedes Mal hochgehalten, wenn jemand mit ihm anstoßen wollte. Das und die Flasche Wasser.
Um fünf räumen die Eltern das Feld, mit Taschen in den Händen, das Auto gepackt, das vom Vater. Den Wagen der Mutter hat er schon den ganzen Tag benutzen dürfen.
»Endlich legal«, sagt er. Die Eltern runzeln die Stirn, dann legt Vater einen Arm um seine Frau, »Komm, wir sind hier nicht erwünscht«, und zu den Kindern, zu uns: »Nicht zu wild, ja?«
»We're gonna party like it's 1999!«, sagt er, der Sohn, mein Bruder, und dann: »Ach nee, warte, das wart ja ihr. Dann nicht.«
Vater und Mutter gucken zu mir, Augendialoge, du passt auf, ja? Und dass sie ja nicht zu Orgie / Naturkatastrophe /

Rave / Super-GAU heimkehren wollen. Natürlich nicke ich. Alles gut, ihr könnt gehen. Vaters Hand geht abschließend in die Höhe und winkt nicht. Signalisiert nur: Wir sind raus.

Er hat also Mutters Wagen. Ein paarmal fährt er einkaufen, ein paar Kisten Bier, Wein trinkt ja eh keiner, Wein wird ja eh mitgebracht von denen, die daran denken, was mitzubringen, also von den Freundinnen seiner Freunde.

Er backt einen Kuchen, eine Backmischung, schaut die Butter an, sagt dann zu mir: »Mit Butter merkt man das gar nicht, dass das eine Backmischung ist«, zu sich: »Und auch das ist nicht vegan«, und seufzt. Ich warte nur. Ich soll hier sein und da sein, anwesend, mahnend, aufmerksam. Pass ja auf. Aber passiert ja nichts. Ich könnte auch nach oben gehen, noch was arbeiten, aber dann sagt er wieder: »Sei Pippi, sei nicht Annika.« Das sagt er heute die ganze Zeit. Und es wird nicht witziger.

Das Haus riecht jetzt nach Kuchen.

Er sagt, das hätte er mal gehört, dass das Makler machen, wenn sie potenzielle Käufer durch Wohnungen führen, dass sie Kekse oder Kuchen in der Wohnung backen und man sich dann gleich sehr zu Hause fühlt.

Ich schaue auf die Uhr.

Er sagt, ich soll doch ein Bier trinken, dass das Bier bestimmt inzwischen kalt ist. »Oder ein Radler?«

Ich guck zum Fenster raus, als er zum Kühlschrank geht. Es hat schon wieder geregnet. Wenigstens können die jetzt nicht im Garten feiern. Ich frag mich dann, ob es vielleicht doch besser wäre, im Garten zu feiern. Dort: kein Teppich, keine Fenster, nichts Zerbrechliches. Keine weißen Wände. Kein cremefarbenes Sofa.

Aber: die Nachbarn. Aber: der Lärm.
Er hält mir ein Bier hin.
Ich nehm es. Und ja, es ist kalt.

Eine Stunde später hab ich doch nur einen Schluck und noch einen getrunken, den widerwillig, und jetzt ist das Bier warm und schlapp.
Also er wieder: »Sei Pippi, sei nicht Annika.«
Die brauchen ja gar keine Sitterin. Ich könnte jetzt nach oben gehen, dort weiter an der Arbeit schreiben. Im Hauptteil fehlen noch zwei Kapitel, dann noch der Schluss, am Ende noch einmal die Einleitung überarbeiten.
»Na hopp, Annika.«
Er nimmt mir das erste Bier ab, hält mir ein weiteres hin.
Ich schüttel den Kopf.
Er rollt mit den Augen, zieht mich auf die Terrasse, da rauchen sie sich ein. Es regnet nicht mehr, der Boden ist nass. Drüben rümpfen die Nachbarn die Nasen und erinnern sich an ihr Studium in Freiburg damals. Sagt ja keiner was.
Draußen seine Gang. Die Jungs. Die alle irgendwelche Namen haben, auf die sie nicht getauft wurden. So was wie »Würfel« oder »Bolle« oder »Neun«.
Drinnen auch seine Gang und deren gelangweilte Mädchen. »Meet the feebles« auf drei Trilliarden Zoll in MegaHD, so HD, da tun einem die Augen weh. »So scharf ist nicht mal die Welt«, sagt er.
Auf dem Tisch der Kuchen, Schokolade, er hat noch eine ganze Tafel extra reingerieben, Milchschokolade, »Ja, Kuhmilch«, hat er gesagt. Wir sind also draußen und es regnet nicht mehr und da sitzen seine Jungs, die halten mir

das Tütchen hin, sagen, dass ich an der Reihe bin. Ich heb die Hände hoch.
»Wie jetzt?«, sagt einer.
»Nein, nicht kiffen.«
»Pippi«, sagt er.
Einer lacht, weil er den Witz erst jetzt versteht. Ach stimmt. Die komische Freundin von der. Tommy und Langweilika.
»Witzig«, sag ich. So witzig. Der andere lacht immer noch. Und der, der mir das Tütchen eben noch hingehalten hat, will schon weitergeben, da schau ich meinem Bruder in die Augen, der doch selbst angeblich so Straight Edge ist.
Greif es mir, ziehe, und ja, ernte beeindruckte Blicke vom Jungvolk.
Da schaut ihr, was? Dass ich mich fast verbeuge. Leise fängt es an zu regnen und einer zieht einen Stuhl ran. Sagt, ich soll Pippi sein. Und nicht Annika.
Also bin ich nicht Annika. Und ziehe noch einmal, dann gebe ich weiter. Trinke vom Bier.
Ich weiß, erst werde ich hungrig, dann müde. Ich schau mich um und denk an die Eltern, die sind woanders und machen sich vielleicht Sorgen. Das ist keine Orgie. Ich lehne mich zurück und greife zum Tütchen, das wieder an mir vorbeizieht.

Das ist keine Orgie.
Das ist kein Rave.
Das ist kein Super-GAU, kein Festival, kein Ausufern.
»Ihr seid nett«, sag ich.
Ich werde müde und will einschlafen, mein Zimmer, mein Kinderzimmer, ist aber ganz weit oben. Im Turm, will ich sagen, ich wohne im Turm. Ich bin Rapunzel. Da kommt

Ben und schaut mich an. Sagt was von Pizza und dass er mich braucht für die Pizza. »Pippi muss Pizza holen«, sagt einer, der auch irgend so einen komischen Namen hat. Heißt der Backofen? Nein? Ich sage: »Du heißt doch Backofen, oder?«, und die anderen lachen sich scheckig und kringelig und ein Loch in den Bauch und sagen nicht, wie der wirklich heißt. Mein Bruder nimmt mich am Arm und fragt mich, ob alles okay ist. »Ja«, sage ich, aber dass ich auch was zu trinken brauche. Was mit Bläschen.
In Gelb. Also Fanta, sage ich, und dann stehe ich da und denke, der braucht mich doch gar nicht, um Pizza zu holen, aber dann klingt Pizza so gut, mein Mund will Pizza. Mit perfektem Teig. Innen weich, außen knusprig, aber nicht verbrannt. Mit würziger Tomatensoße und gerade genug Käse, dass man die Soße noch durchsieht. Und der Käse goldblond gebacken. Und langfädig. »Seidenzarter Käse«, sage ich und sehe eine Flasche in meiner Hand und denke, ach, schau, Fanta, wie nett. Ich bekomme die Flasche auch auf, so stark bin ich, dann trinke ich und denke dann wieder an Pizza, frage ihn, ob er eine mit Pilzen bestellt hat, ob es hier Menschen gibt, die Pilze mögen. Er steht im Flur mit seiner Jacke, da steht er und sagt einer was ins Ohr, die kenn ich nicht, und ich sage: »Mögen deine Freunde Pilze?«

Das Mädchen nickt, dabei hat die mich gar nicht gehört, und hinter mir sagt einer: »Mein Pappmaul ist wichtiger als Deutschland.« Das klingt richtig und lustig. Ich möchte mir das aufschreiben. Ich will mir das merken.
Er steht da mit dem Mädchen, die zieht gerade ihre Jacke aus und guckt ihn an. Er hat mich nicht gehört. Also ruf

ich, erst nur »PIZZA!«, und als er nicht reagiert: »BENNIFER, PIIIIIZZAAA!«
Er nickt dem Mädchen zu, nimmt dann den Schlüssel. Wie das aussieht, dass er den Schlüssel so im Vorbeigehen vom Schlüsselbrett nimmt, wie man im Vorbeigehen eine Jacke von der Garderobe pflückt.
Organisch hat das ausgesehen.
Ich mag das Wort.
Ich will Pizza.
In meiner Umarmung die Limoflasche, folge ich ihm auf den Fuß, sage es: »Ich folge dir auf den Fuß«, und frage mich dann, ob Akkusativ oder Dativ. Und laufe ihm auf den Hacken herum, das im Dativ.
Versuche ihm die Schuhe von den Füßen zu treten.
Er greift nach hinten und kriegt mich aber nicht zu fassen. Weil ich so schnell bin. Und wendig. Ich bin unfassbar, denke ich. Gänsemarsch auf Waschbeton. Waschbeton. Ein komisches Wort. Ich muss das nachschlagen, ob das erstens stimmt, zweitens, warum das so heißt. Aber dazu brauch ich mein Handy, hab es aber nicht. Ich hab auch kein Geld.
»Ich hab kein Geld und kein Handy«, sag ich.
»Macht ja nichts«, antwortet er.
»Waschbeton«, sag ich also, »merk dir das mal.«
Er nickt, sagt »Waschbeton«, das Auto blinzelt uns gelb zu, charmant, denk ich, steig ein, da die Sitzheizung, nasse Windschutz- und Heckscheiben. Denke, dass es doch bestimmt seit Stunden nicht mehr geregnet hat, aber die Trauerweide, ja, die hat geweint.
Und eben Sitzheizung. Da schlaf ich also ein.

Ich mache die Augen auf und sitze im Auto. Vor einem Haus. Das ist nicht die Pizzeria. Hier ist keine Straße, hier ist nur ein Haus, nur dieses Haus. Mir ist kalt, es ist Nacht und sehr dunkel. Ich weiß nicht, wo ich bin. Ich weiß nicht, wo er ist.
Über meinen Beinen eine Decke, ich kenne die Decke, es ist die vom Rücksitz.
Wo bin ich?
Ich steige aus, taste mich ab, keine Tasche, nichts in der Hose, in der Jacke ein Labello, ein, zwei alte Tempos. Kein Handy, kein Geld.
Das Haus: leuchtende Fenster.
Ich kenne das Haus.
Ich mache die Beifahrertür zu. Das Auto bleibt unabgeschlossen auf der Straße stehen. Hier klaut niemand. Gehe zur Vordertür und drücke sie auf.
Er hat den Ofen angemacht. Er kann das seit der Kindheit. Jedes Mal, wenn wir damals hier waren, hat er sich neben den Großvater gehockt, wenn der vorm Ofen kniete, erklärte, abfragte, wie man Papier knäult, Holzscheite stapelt, und er kann es anscheinend immer noch, der Ofen brennt, bullert, wärmt.
Er am Küchentisch, schaut hoch, hält in seinen Händen das alte Radio, sucht einen Sender.
»Was machen wir hier?«, frag ich. Ich bin zu müde, um mich zu streiten.
Er zuckt mit den Schultern.
»Ich wollte dich ja aus dem Auto tragen, aber du hast mich gehauen.«
Er steht auf, holt mir eine Tasse aus der Anrichte, gießt Tee ein.

Ich setze mich an den Tisch. Werde wach, werde warm. Sein Geburtstag ist jetzt vorbei, denke ich.
»Wo ist die Pizza?«, frag ich ihn dann.
»Du bist nach zwei Minuten eingeschlafen und mir war gar nicht nach Pizza. Aber ich hab eine zum Aufbacken gekauft, an der Tanke.«
Pfefferminztee und Deutschlandfunk.
»Das Auto ist von ganz allein hierhergefahren«, sagt er. Das Grinsen.
»Zu Hause sitzen doch noch deine Freunde. Was ist denn mit denen?«
Er zuckt mit den Schultern. »Die werden schon nicht sterben.«
»So schnell stirbt man nicht«, sag ich automatisch.
»Eben.«
»Willst du heute Nacht wieder nach Hause fahren?« Er zuckt erst mit den Schultern, schüttelt dann den Kopf.
»Was ist mit den Betten?«, frage ich.
Er weiß es nicht.
»Lass schauen.«
Das Licht funktioniert. Das fällt mir erst jetzt auf, dass der Strom noch funktioniert.
»Komisch, nicht? Und das Wasser haben sie auch nicht abgestellt. Vielleicht weil die vom Verein Strom brauchen. Und Wasser und so.«
»Ja, vielleicht.«
Am Ende des Flures ein Zimmer.
Es riecht nach damals. Es riecht nach Ferien.
Auch hier geht die Lampe an. Der Lichtschalter einer der Art, die gedreht werden müssen. Das Geräusch ein Klicken in Weiß.

In der Lampe sind Tiere. Insektenfriedhöfe.
»Unsere Betten«, sag ich.
Er nimmt Anlauf, wirft sich auf das am Fenster. »Meins!«
Ich öffne den Schrank, da Decken, Federbetten. Laken. Kissen. Alles da.
»Kalt hier.«
»Mach dir warme Gedanken«, sagt er.
»Perverser, du.«
Und dann, später, die Betten gemacht, er und ich jeder in seinem Bett unter Decken, das Licht fast aus, frag ich ihn:
»Kannst du bitte die Tür absperren?«
Er mault, steht trotzdem auf, geht alles ab, untersucht alle Zimmer nach Räubern und anderen Monstern, schließt ab.
Zurück im Zimmer, Licht aus, Bett, Gutnacht.
»Warum sind wir hier?«, frag ich leise ins Dunkle, und ich glaub, ich kann sein ewiges Schulterzucken hören.

Gründonnerstag

»Anni«, sag ich. »Schau mal, es ist schon hell.«
Und dabei ist es nicht mal sieben.
»Anni«, sag ich leise. Die hört mich nicht.
»Ich muss dir was erzählen.«
Warte. Rührt sich nicht.
»Anni, ich hab die Schule geschmissen. Ja, kurz vorm Abi. Und ich geh da nie wieder hin. Und nein, ich weiß nicht, was ich stattdessen machen will.«
Keine Reaktion.
»Anni, die Eltern haben mich adoptiert und dich auch. Und ich hab einen Mord begangen. Und wie gesagt, ich hab die Schule geschmissen.«
Nichts.
»Anni?«
Es ist ja noch früh. Ich lass sie noch ein bisschen schlafen.
»Hey, lass uns doch einfach hierbleiben. Und wenn es uns gefällt, dann gehen wir nie wieder weg. Du kannst ja auch dein Studium schmeißen, das ist sehr viel einfacher, als man glaubt.«
Warte. Die atmet nur.
»Das ist doch ein Plan, oder? Also, wenn du dagegen bist, dann sag es jetzt«, nichts, »oder schweige für immer.« Nö. Nichts.
»Okay. Dann geh ich jetzt mal Frühstück einkaufen. Ja? Gut.«

*

Bens Bett ist leer. Es ist hell draußen, das kann ich durch die Ritzen der Fensterläden sehen. Ich lausche ins Haus, da ist nichts, kein Ton.
Der Boden kaltschnäuzig zu meinen Füßen. Ziehe mit langen Beinen meine Schuhe zu mir, zieh sie ohne Socken an. Alles kalt, kalt, kalt.
Klamm hab ich hier gelernt. Klamm sei kalt und feucht, haben sie mir damals erklärt. Oder: so kalt, dass es sich feucht anfühlt. Man war sich nicht einig.
Ich rufe nach ihm, einmal bei geschlossener Zimmertür, dann Tür auf, werfe seinen Namen in den Flur, nichts. Die Küche still, die Küche auch kalt. Nicht mal das, nicht mal Feuer hat er gemacht. Schau auf den Hof, der Wagen ist weg.
Der Wagen ist weg.
Taste mich ab, da ist nichts, das weiß ich doch eh, da war gestern schon nichts, nicht in Hose, Jacke, Tasche, da war gar keine Tasche, wir wollten ja nur kurz Pizza holen. Er hat doch noch gesagt, dass ich nichts brauche.
Ich lasse mich auf die Küchenbank sinken. Die Uhr über der Tür steht seit drei Jahren still.
Der hat mich ausgesetzt.
Am Arsch der Welt hat der mich ausgesetzt.
Das haben die damals auch immer gesagt. Wo wohnt dein Opa denn? Am Arsch der Welt. Und wenn andere Leute gesagt haben, dass sie für ein Ersatzteil bis dahin fahren mussten, oder wo denn die neue Freundin wohnt, oder wo man im Urlaub war, alle waren dort beim Großvater gewesen.

Ich schau mich um. Keine Nachricht.
Dann stelle ich einen Kessel Wasser auf den Herd. Der Herd wird warm. Das Wasser ist nicht braun. Der Ofen ist kalt, nicht mal Glut von letzter Nacht. Im Korb beim Ofen liegt noch Holz. Zeitung, Späne, Holz. Feuerzeug? Das Feuerzeug liegt auf der Fensterbank. Das kann ich auch. Das kann nicht nur er. Und dann ziehe ich mich richtig an, auch die Socken, alles von gestern, alles alt und kalt und müde, muffig, und bleibe kalt, bis zur zweiten Tasse Tee.
An der Wand hängt das alte Telefon. Ich nehme ab, lausche, still. Nichts. Wie auch.
Dann höre ich das Auto und suche die Küche nach etwas ab, was ich nach ihm werfen kann.
Als er die Tür öffnet, fällt ihm ein Küchentuch vor die Füße.
»Du wirfst wie ein Mädchen.«
»Du bist wie ein Arschloch.«
»Guten Morgen!«
»Wo warst du?«
»Einkaufen.«
»Wieso denn einkaufen?«
»Hilfst du mir?«
»Womit?«
»Ausräumen! Morgen ist Karfreitag, da sind die Geschäfte zu.«
Er geht, ich renn ihm hinterher, draußen der Wagen, die Rückbank voll, der Kofferraum, den er jetzt aufmacht, ebenso.
»Wieso Karfreitag?«
»Weil Ostern!«
»Nein, verdammt noch mal, warum, wir fahren doch heim!«

»Also ich fahr nicht heim. Du kannst ja fahren, wenn du willst.«
Da liegt ein Backstein, auf der Mauer, der gehört in sein Gesicht, da passt der wunderbar hin. Karfreitag?
»Benedikt!«
»ANNIKA!«
»Was soll denn die Scheiße?«
»Ich hab beschlossen, dass wir mal wieder Zeit zusammen verbringen sollten. Außerdem brauch ich ein bisschen Urlaub. Und da bot sich Opas Hof wunderbar an. Wo wir eh schon hier sind.«
»ICH BRAUCHE KEINEN URLAUB!«
Er stellt die Tüte, die er eben aus dem Auto gehoben hat, wieder hin, geht zu mir und legt mir eine Hand an die Wange: »Jemand, der so laut schreit, der hat's am allernötigsten. Urlaub, meine ich.« Dann geht er zurück zum Auto, lädt aus. »Und wie gesagt, der Wagen ist dein, nimm ihn ruhig. Ich komm nach Ostern schon wieder zurück, ich bin da nicht so. Aber ich fänd es schon schöner mit dir hier.«
Das Arschloch.
Zwei Tüten pro Hand, geht er ins Haus. Ich setze mich auf die Mauer, Hände zwischen den Knien, mein Hintern erinnert sich an den Stein, die Fugen, das ist egal. Er kommt wieder aus dem Haus.
»Wenn du nicht tragen willst, magst du vielleicht einräumen?«
Nicht der Backstein, aber ein Mittelfinger. Den halt ich ihm schön ins Gesicht, damit er ihn ja sieht.
»So eine obszöne Geste von der anständigen Claire!«
Er lacht, nimmt vier Tüten, ab.
In meinem Nacken steigt die Sonne über das Dach.

Wann auch immer er aufgestanden ist (wie spät ist es eigentlich?), er war effektiv, er hat sogar an Kleidung gedacht, daran, dass hier im Haus eigentlich gar nichts mehr vorhanden ist, kein Salz, kein Klopapier. Dass wir selbst ohne Kleider und Zahnpasta hier sind. Er hat sogar Tampons gekauft. »Ich weiß ja nicht, wie dein Zyklus so … läuft«, sagt er.

Jetzt würden wir hier auch ein Unwetter ertragen, wir könnten eingeschneit werden, Tornado, Blitzeis, wir sind auf alles vorbereitet. An meinen Füßen jetzt Supermarktturnschuhe, Möchtegernchucks mit Blümchen. In meiner Größe. Ich weiß gar nicht, welche Schuhgröße er hat.

Er redet, während er alles einräumt, die Tüten umpackt, eine für das Kinderzimmer, eine für das Bad. Der Rest hier für die Küche.

Ich gehe raus, die Schuhe sind bequemer als gedacht. Da, der Schuppen. Ich finde den Schlüssel im Versteck, das doch eh jeder kennt, die Tür stellt sich an, die Tür sperrt sich, die Tür bockt. Aber dann.

Drinnen kein Licht, hier nicht. Vielleicht ist nur die Glühbirne kaputt, vielleicht sind die Leitungen tot, wer weiß das schon. Da: ein Fahrrad. Und ein Tretroller aus Holz. Der kleine blaue Traktor. Ein halbes Kinderrad. Ich zerre das Fahrrad aus den anderen heraus. Schleppe es nach draußen. Nicht einen Platten, zwei hat es. Ich finde kein Flickzeug, wie auch, im Dunkeln, finde keine Pumpe. Dann lass ich das Rad ins Gras fallen. Setze mich daneben. Auch wenn die Wiese nass ist, das kann ich jetzt schon fühlen.

»Ännchen von Tharau, gleich gibt es Frühstück! Jauchzet! Frohlocket!«

»Falscher Feiertag, Idiot!«, sag ich, aber das hört er nicht. Gehe also rein mit nassem Hosenboden, dort drei Paar Jogginghosen, alle meine Größe, allesamt trocken.
»Was hat das denn alles gekostet?«
»Musst du Vater fragen, die Karte läuft auf ihn.«
Und denke an die Eltern und wie sie mich mit der Verantwortung zurückgelassen haben, aber ihm haben sie die Karte gegeben. Damit er einkaufen kann, für den großen Geburtstag. Ich lege meinen Kopf in die Hände, er schiebt mir eine Tasse Kaffee hin.
Es klingelt.
Ich schaue ihn an, er mich. Es klingelt noch einmal, es klopft, jemand sagt etwas von »ums Haus rumgehen«.
Er steht auf, geht zur Haustür.
Ich hinterher.
Da einer, da noch einer, der eine in Uniform, der andere nicht.
»Guten Morgen, wie kann ich Ihnen behilflich sein?«
Lehne mich an die Wand, Efeutapete, er steht vor mir im Türrahmen.
Der Uniformierte sagt zu dem Zivilen, dass ihm das nicht nach Einbruch aussieht.
»Wieso Einbruch, ich hab doch einen Schlüssel. Anni, sag den Männern bitte, dass ich nicht eingebrochen bin.«
Da grinse ich und zucke mit den Schultern. Er schubst mich an.
»Ich habe tatsächlich keine Ahnung, wie er ins Haus gelangt ist, ich lag bewusstlos im Auto.«
Sein Gesicht: Gold.
Er rennt ins Haus, kehrt zurück mit Schlüssel, mit Geldbörse, zieht aus der seinen Perso heraus, zeigt, dass er dem

Familienstammbaum angehört. Der Zivile erinnert sich plötzlich. Ja, meine Güte, wie groß die beiden doch geworden sind, man hat sich ja das letzte, »ach, da könnt ihr euch gar nicht mehr dran erinnern«, was, so lang ist das noch gar nicht her, wie die Zeit vergeht. »So groß warst du damals und das Mädchen hatte grüne Haare.«
»Du hattest grüne Haare?«
Ich schüttel den Kopf. Das war ein Unfall und die Behebung desselben mit Drogerieprodukten. Winke ab. Nicht grün.
»Na dann hat ja alles seine Richtigkeit«, sagt die Uniform. Und kurz noch sein verjährtes Beileid. Ja.
Räuspern.
Der Zivile schubst ihn an. Ach ja, da war ja noch was. Also, das ist so.
Man hätte nämlich Osterangeln. Also vorher, da wäre ja alles mit dem Großvater abgesprochen gewesen, und als der nun von uns gegangen, da hätte man einfach weitergemacht, aber so denn jetzt jemand hier wohnt.
»Wir wohnen hier nicht!«, unterbreche ich ihn.
Oder zu Besuch sei, wie auch immer. Man wolle natürlich nicht stören, sei ja auch schön, dass endlich mal jemand nach dem Rechten schaut, und ja, also, das Angeln, das sei jetzt unglücklich, weil man so kurzfristig die ganze Sache nicht abblasen könnte.
Ich gucke zu Ben, wie er immer noch im Türrahmen steht, wie er dasteht, als hätte er Verantwortung, Ahnung, als hätte er Befugnis. Der winkt nur ab. »Ach was, natürlich dürfen sie angeln! Christentum und Fische, das geht doch Hand in Hand! Nicht wahr?«
Draußen die Herren freuen sich, dass alles gut ist. Gut. Ja. Schön. Man sieht sich.

»Frohes Fest!«, ruft er ihnen noch hinterher. Mein Kaffee ist inzwischen lauwarm.

Ich frage ihn, wo sein Handy ist. Er antwortet nicht.
»Wo ist dein Handy?«
Er mit dem Rücken zu mir, liest die Zubereitungsanleitung auf der Rückseite einer Packung Tortellini.
Irgendwann: »Weg.«
Ich nehme ihm die Packung ab.
Er: große Augen.
»Gib mir dein Handy.«
»Hab ich nicht mit.«
»Du lügst!«
»Ja?«
Ich schau auf die Tortellinipackung, tu sie dann zur Seite.
Er atmet tief ein. Legt seine Hände auf meine Schultern.
»Lass uns doch mal ein paar Tage hierbleiben. Nur über die Feiertage. Ich versprech dir, dass ich Montag wieder mit dir zurückfahre.«
Ich antworte nicht. Stecke mir den Daumen in den Mund, nage an der Haut neben dem Nagel.
Er nimmt meine Hand.
»Komm. Wir sehen uns doch sonst so gut wie nie.«
Irgendwann: »Na gut.«
Ich rechne im Kopf, da sagt er schon: »Nur ein Wochenende. Versprochen.«
Die Kaffeetasse in der Hand, beide kalt, schaue ich aus dem Fenster. Er unruhig, ein Hai, kann nicht still sitzen oder stehen, kann nicht still sein.
Draußen vor dem Fenster ist ein Kater oder eine Katze. Ein schwarzes Tier, *Felis silvestris catus*. Ich schau ihm hinterher.

Wie es zum See blickt, eine Pfote halb in der Luft. Hab-Acht-Stellung. Das Tier dreht sich um und schaut mich an.

Er schmeißt mir was vor die Tasse. »Rätselhefte«, sagt er. Falls ich mich intellektuell unterfordert fühle. Ich rolle mit den Augen.

»Immer rollst du mit den Augen. Egal was ich mache. Da, schon wieder!«

Ich ziehe ein Heft zu mir, frage ihn dann nach Stiften, er sucht in einer Schublade. Dort die Kinderbelustigung. Alte Kugelschreiber, Filzstifte (»ausgetrocknet«, sage ich, er: dass man die ja nur mit Wasser auffüllen müsste), dort eben das, was Großvater für Regentage hatte. Dazu Rommékarten.

Er macht das Radio an. Es ist halb zwölf.

Ich reihe die Stifte nebeneinander auf, ordne sie nach Farben, nach Art, hier Kugelschreiber, da Buntstifte, daneben Filzstifte. Kein Spitzer, aber drei Radiergummis, einer bröselt auseinander, als ich ihn in die Hand nehme. »Drei Jahre«, sage ich.

Er wieder mit dem Rücken zu mir, im Schrank kein Narnia.

»Bist du fertig mit Frühstück?«, fragt er.

Ich zucke mit den Schultern, probiere die Stifte durch, sortiere aus, die guten ins Töpfchen, die schlechten ins Mülleimerchen. Dann schlage ich ein Rätselheft auf, starre es an.

»Wie geht es dir eigentlich so?«, fragt er plötzlich.

Ich guck hoch.

»Wieso brauchst du eigentlich Urlaub?«, frage ich ihn.

»Das Leben«, sagt er.

»Das Leben was?«

»So halt. Und du?«

Mehr nicht. Ich zucke mit den Schultern.
Die Katze steht nicht mehr vorm Fenster. Stattdessen der Uniformierte, der Zivile, ich frag mich, ob die sich eben vorgestellt haben. Ben tritt ans Fenster. Sagt »Pat und Patachon«. »Lolek und Bolek«, sag ich.
»Geh doch mal raus und frag die Herren, ob sie vielleicht einen Kaffee möchten«, sagt er.
»Geh du doch!«
»Ich bin bei der Arbeit, wie du siehst.«
Ich wende mich dem Rätselheft zu, eine der Domfiguren in Naumburg, ich kenne keine einzige von denen. Oder irgendwelche anderen Domfiguren in anderen Städten.
Er seufzt.
Seufzet, frohlocket.
Hinter mir klopft es an die Fensterscheibe, er schiebt mich zur Seite, öffnet das Fenster. »Ich wollte eh gerade fragen: Hätten Sie vielleicht Lust auf ein Käffchen?«
Da sagt man nicht Nein, fragt aber mal, ob man an den Schuppen könnte, da sei der Anschluss für den Strom, der aber innen drin, dazu das Verlängerungskabel, und der Schlüssel sei nicht da, wo er sein sollte.
»Schon gut«, sag ich und gehe raus.
Ich frage mich, ob das mit der Uniform sein muss. Ob der überhaupt noch im Dienst ist. Und dann sagt er seinen Namen, »Herrmann«, sagt er, und ich weiß nicht, ob das der Vor- oder Nachname ist. Der andere stumm, bleibt namenlos. Ich finde den Schlüssel, schließe den Herren auf, stehe dann da, weil mir nichts weiter einfällt. Herr Herrmann? Oder hat der einen Grad, einen Rang, so was wie Kommissar? Oder heißt er gar Mann mit Nachnamen? Also Herr Mann?

Es fängt an zu nieseln. Herrmann und Namenlos schauen zum Himmel, schütteln dann die Köpfe.
Sagen was über das Wetter und die Vorhersage für die nächsten Tage. Gut soll das ja nicht werden. Und ist eh zu kalt für die Jahreszeit. Ja, aber, sagt der andere, trotzdem zu wenig Niederschlag, dass das nicht gut sei für die Landwirtschaft.
Ich schau mich um. Sehe Äcker, die jetzt leicht befeuchtet werden. Weiter hinten die Obstwiese.
Überlege, ob ich jetzt Small Talk halten soll. Fragen, wie viele Höfe es denn hier in der Gegend noch hat. Ob man umgesattelt hat, von Vieh auf Pflanzen. Die Sache mit der Milch.
Und sage dann doch nur: »Sie kommen ja zurecht, nicht?«
»Jo«, sagt einer.
Ich gehe wieder rein, stehe im Flur rum wie Falschgeld. Da ein alter Schrank. Die Tür quietscht, geht aber auf. Jacken. Ich finde einen Friesennerz. Eine grobe Strickjacke für drunter. Mottenlöchrig, aber egal.
Aus der Küche wieder das Radio, dazu Kochgeräusche, Backgeräusche, er pfeift.
Ich gehe zur Haustür raus, steh dann vorm Haus, da ist der Weg, der geht zur einzigen betonierten Straße. Ansonsten nur Feldwege, erdig, schlaglöchrig.
Die Hundehütte.
Erst Teddy. Dann Senta. Dann leer.
Vielleicht, wenn der Großvater einen Hund gehabt hätte, dann …
Wäre er jetzt immer noch tot und da ein Hund, den niemand haben wollen würde.
Ich gehe los.

Links Mais, rechts Raps, beide Seiten verpachtet und die Angelegenheit von jemand anderem. Damals konnte man sich im Mais verstecken. Die weißen, unreifen Kolben knabbern, bis zum bitteren Bauchweh. Stehe an der Weggabelung und bin keine Metapher. Hier geht es nach da, da nach dort. Irgendwo weit, weit weg dann die »Stadt«. Was man hier so Stadt nennt. Ene mene miste. Gehe nach links, weil so halt.

Er könnte mich jetzt bald sehen, er könnte mich auch durch das offene Fenster rufen, und ich könnte dann so tun, als würde ich ihn nicht hören. Aber er ruft nicht. Ich sehe nur die beiden Männer, die im Garten hinterm Haus Kabel ausrollen.

Der Regen wird stärker, ich ziehe mir die Kapuze über den Kopf, dass ich fast nichts mehr sehen kann. Schaue runter auf meine Füße, rieche die Erde, braun.

Im Märzen der Bauer die Rösslein anspannt. Weiter kenn ich den Text nicht. Lalala irgendwas mit Land und lalala. Verdammtes Liedgut.

Laufe links rechts links rechts. Kann den Weg nicht in Liedern, nicht mal in Minuten messen. Irgendwann also der nächste Hof, nicht in Rufnähe, keinen Steinwurf entfernt, so weit kann man keinen Stein schleudern, ohne Hilfsmittel. Langstreckenkatapult für Steine mittlerer Größe, denk ich, und plötzlich schlägt ein Hund an. Rennt aufgeregt in seinem Zwinger hin und her, beschimpft mich, da kommt schon eine Frau auf den Hof geschlurft, dass es das noch gibt. Dass es noch Kittelschürzen gibt, dass es noch laute Pantinen gibt, die Leute tatsächlich tragen, und nicht leise und bequeme und sauhässliche Crocs. Die Frau faucht den Hund an und schaut dann zu mir, zur Straße.

Ich heb mal die Hand. Guten Tag. Die Frau geht zum Zwinger und öffnet die Tür, lässt den Hund raus. Der Hund bellt immer noch, jetzt rennt er auch, zu mir, ich lasse die Hand fallen. Stocksteif.
Die Alte macht ein Geräusch, ein KSSS! Und zack: Sitz.
Ich bewege mich immer noch nicht, die Alte im Schildkrötentempo erst zum Hund, legt ihm eine Hand an den Hals. Nickt zu mir hin, mit dem Kinn.
»Tach«, sag ich also.
Dann plötzlich faltet sich das Gesicht um in Erkennen. »Ach nee.«
Sie nickt. Ja. Die Kleine. Groß geworden, schade, Beileid, lange her, der ganze Sermon, rarara. »Ja Mensch! Komm doch mal näher, Mädchen, lass dich mal angucken!«
Man soll Hunden nicht in die Augen schauen, das weiß ich, also geh ich langsam nach vorne zu Frauchen, Blick schön nach oben. Die Frau legt mir eine Hand an die Wange. Tätschelt.
»Mann, Mann, Mann!«
Dann denkt die Alte was im Stillen, schüttelt den Kopf über irgendwas, die Welt, das Leben, sagt dann, dass ich mit reinkommen soll: »Is ja kein Wetter zum Draußen-Rumstehen, nur rin in die gute Stube, da is warm.«
Von Küche zu Küche. Ich bin kein bisschen weitergekommen. Aber dann denke ich, die hat bestimmt ein Telefon. Also frage ich, ob sie ein Telefon hat.
Mir wird Kaffee angeboten und ich winke ab und frage noch mal. Sie zeigt zum Flur raus und nennt den Diele. Da geh ich hin, nehme den Hörer ab, es tutet.
Aber wen soll ich denn anrufen? Alle meine Nummern sind in meinem Handy. Die einzigen, die ich auswendig kann,

sind Polizei und Notruf und die von meinem Radiosender daheim.
Hallo, ich wurde entführt. Holt mich bitte ab. Aber ich hab ja nicht mal einen Schlüssel für das Haus meiner Eltern, der liegt da, vor Ort, nicht hier.
Ich lege den Hörer wieder auf.
Schaue mich um, sehe dann Briefumschläge und entziffere den Nachnamen. Vage Erinnerung. Wenigstens kann ich die Frau jetzt ansprechen. Zurück in die Küche. Da war doch noch ein Kind damals, frag ich, die Enkelin? Im selben Alter? »Ja, genau, ihr zwei beiden, ihr immer. Suppe vielleicht?« Ob ich denn eigentlich allein hier bin oder mit den Eltern? Mit dem Bruder? »Ach was, wie alt ist der denn jetzt? Kerl, wie die Zeit vergeht, der auch schon erwachsen.« Und die Enkelin, die ist fest in der Bank angestellt und verlobt sogar, macht aber erst noch Karriere, sagt sie, wie man das sagte, bevor man dazu mit den Fingern Hasenöhrchen in die Luft gemalt hat. Karriere. Also keine Kinder. Und selbst?
Also, und selbst? Verheiratet? Kinder? Nein. »Ich studiere noch.«
Sie fragt noch, was, bekommt eine Antwort, fragt noch mal: »Was?«
Ob das was mit Sprachen sei.
Ja. Nein. Egal.
»Und was macht man damit?«
»Suppe klingt gut.«
»Ach ja, die Suppe, ist ja auch schon Mittag.« Aber nicht, dass ich daheim vom Bruder erwartet werde und der sich sorgt?
Ich winke ab. »Der ist mit Backen und dem Osterangeln beschäftigt.«

»Stimmt ja. Aber gut, dass mal wieder jemand vorbeischaut. Waren ja bisher nur die Jungs vom Verein, die immer mal wieder nach dem Rechten, nach dem Haus, weil drei Jahre, das ist ja schon eine ganz schön lange Zeit. Wie geht's denn den Eltern?«
»Gut. Ja.«
Die Alte zieht die Augenbrauen hoch, aha, gut also.
Stille Anklage. Kein Wort, stattdessen zwei Teller, der schwere Topf, die Kelle, untendrunter ein Untersetzer aus verkokeltem Kork.
Danke sagen und meinen.
Es gibt Suppe. »Nimm. Iss.«
Die Alte schiebt beim Essen das Gebiss im Mund umher. Geht dann an das Spülbecken, holt die Zähne raus und spült sie unterm Wasserstrahl ab. Ich könnte sie fragen, ob sie mich nach Hause fährt. Oder zum Bahnhof. Mir Geld leiht, damit ich nach Hause fahren kann. Sie wischt mit einem Lappen am Becken entlang. Dann fällt ihr ein, da hätte man noch ein Likörchen. »Johannisbeer, selbst gemacht. Wenn schon mal Besuch da ist.« Die hat bestimmt kein Auto.
Der Hund liegt im Flur auf einer Decke. In die Küche darf der nicht. Nutztier.
Die Alte stellt zwei zarte Gläser auf den Tisch, dazu eine Wasserflasche mit Schraubverschluss und dunklem Inhalt. Schenkt ein. Prost. Trinkt. Die großen roten Hände sacht am gläsernen Stiel, dreht sie es leicht hin und her. Kleines Lächeln.
»Sehr lecker.«
»Noch eins?«
Und schenkt schon ein und sich auch. Und trinkt.
Da tickt eine Uhr und draußen gähnt der Hund.

Woanders wäre jetzt Siesta. Hier ist Mittag.
Den Likör in der Hand, zieht die Alte um in einen Lehnstuhl am Fenster. »Muss nur mal kurz die Beine hochlegen«, und »Bleib noch ein bisschen, Mädchen, bleib ruhig und erzähl doch mal. Wie ist dir denn so?«
Die Alte nimmt einen Schluck und schaut dann doch nur aus dem Fenster.
»Ich bin ein armer Mensch«, hat der Großvater immer gesagt, »tststs, ich bin ein armer Mensch«, das in Unterhemd und Hosenträgern am Abend, er ein Bier, ich ein Malzbier, hab ich ihm gesagt, dass das doch gar nicht stimmt, dass er doch gar kein armer Mensch ist, dass er doch Geld hat, um sich selbst ein Bier und mir ein Malzbier zu kaufen. Arme Menschen haben das nicht. »Doch, doch, ich bin ein armer Mensch«, hat er dann gesagt.
Die Frau schläft ein, die Füße hoch, ein Deckchen auf dem Schoß, der Hund schleicht sich in die Küche und legt sich nah an sie. Schaut den Besuch kurz an, geh jetzt, also geh ich.

Zurück auf der Straße.
Ich gehe den Weg weiter, da ist nichts, da ist nur Land, Natur, der Regen, der Regen mezzo forte.
Der Weg gelangweilt geradeaus, rechts, links immer nur Feldwege, die eben auch nur dahin führen, zu Feldern. Im Märzen der Bauer, verdammt noch mal.
Hier ist nichts. Hier ist keine Bank, hier ist keine Kneipe, hier gab es damals noch nicht mal eine Telefonzelle. Der Vater hat erzählt, dass man zum Nachbarn musste, wenn was war, weil es zu Hause kein Telefon gab, glaub ich, aber so ganz sicher bin ich mir nicht.

Weiter, einfach geradeaus, da steht ein fremder Hof mit einem Tor, das ist geschlossen und schon wieder bellt ein Hund. Ende Gelände.
Ich drehe mich um.
Das macht man also hier, wenn man spazieren geht.
Zurück zähle ich meine Schritte und weiß nicht, wofür.
Stehe dann vor dem Haus des Großvaters, die beiden Fremden hab ich nicht mehr gesehen. Setze mich auf die Mauer.
Zu Hause, im Haus meiner Eltern, da wo ich mal gewohnt habe, da steht mein Rechner, da drauf meine Arbeit, die sollte langsam mal fertig werden, damit ich langsam mal fertig werde. Wie lange denn so ein Studium heutzutage überhaupt dauert, hat der Vater gefragt. Wie lang ich denn noch studieren will, muss, darf. Und: Wann ich denn endlich fertig bin. Endlich, endlich. Und dann noch: Und was danach.
Und ich sitze auf der Mauer und muss am Dienstag wieder in das Büro, noch vier Wochen muss ich ins Büro und lächeln und nett sein und die richtigen Fragen stellen und mir die falschen Fragen, die dummen, verkneifen. »Wenn du dich nicht dumm anstellst«, hat Vater gesagt.
Ich stelle mich nie dumm an.
Der Vater hat schon nachgefragt. Wie sich das Kind macht. Den Freund, den Studienkollegen: »Na, wie macht sich meine Große?«
»Jaja, alles gut.«
Wunderbar.
»Wenn du dich nicht dumm anstellst, dann könnte das was werden für danach. Lass mal fallen, dass du bald fertig bist.«

Drinnen scheppert es, so laut, dass ich es sogar hier höre.
Auf der Mauer auf der Lauer sitzt ’ne kleine Wanze.
Ich muss hier weg, ich muss zurück. Noch vier Wochen Praktikum und nebenbei die Arbeit schreiben, die muss fertig werden. Und dann wieder Uni, das letzte Semester, dann die Prüfungen. Ich muss heim.
Hab wieder einen Finger im Mund, wieder Nagelhaut zwischen den Zähnen, Schluss jetzt. Eklig sieht das aus, und dann ist das auch noch unhygienisch, das sind dann offene Wunden, die können sich entzünden.
Schluss jetzt. Ich stehe auf, klopfe mir den Hosenboden ab, gehe ins Haus. Mein Bruder wie gehabt in der Küche. Inzwischen riecht es nach Kuchen, und sehe: Da steht schon einer zum Abkühlen, aber er backt weiter, noch einen.
Er schaut hoch, »Ach, da bist du ja endlich. Wo warst du denn? Hast du Hunger?«
Hätt’ ich dich heut erwartet, hätt’ ich Kuchen da. Check.
Ich antworte nicht. Steh da einfach im Türrahmen, nicht drin, nicht draußen, nicht hü, nicht hott. Er füllt Teig von einer Plastikschüssel in eine Kuchenform. Ich frage mich, ob der Großvater jemals gebacken hat.
»Na, was ist?«, fragt Bruder.
»Du musst mich heimfahren«, sag ich.
»Ach was.«
»Benedikt!«
»Annika!«
»Ich hab zu tun! Ich kann hier nicht Däumchen drehen und verdammte Rätselhefte machen.«
»Willst du Kuchen? Ich hab Kuchen gebacken!«
»Nein danke, Captain Obvious!«
Er kichert, schiebt die Form in den Backofen, stellt eine

Eieruhr. Nimmt die Plastikschüssel und hält sie mir hin: »Auslecken?«
»Nee!«
Er zuckt mit den Schultern und zieht mit dem Zeigefinger den Schüsselrand entlang.
Ich haue mit der Hand an den Türrahmen. »Jetzt hör doch mal zu!«
»Ich bin ganz Ohr!«
»Heim! Jetzt! Überhaupt sieht's da bestimmt aus wie Sau! Wer weiß, was deine Freunde mit dem Haus angestellt haben!«
»Ach was, die sind harmlos.«
»Und wer räumt das alles auf und putzt, bevor die Eltern kommen? Na?«
»Worüber du dir so den Kopf zerbrichst.«
»Dann gib mir eben den Scheißschlüssel zu dem Scheißauto!«
Er mit Finger im Mund, zieht die Augenbrauen hoch. Schluckt. Wäscht sich den Finger in aller Ruhe am Waschbecken ab, greift dann in seine Hosentasche, löst einen Schlüssel vom Ring (»Für hier«, sagt er) und wirft mir das restliche Schlüsselbund zu. »Bitte!«
»Danke!«
Ich ziehe mir die Jacken des Großvaters aus und dann meine eigene an, dem Bruder kein Wort, keinen Blick, geh ich raus, da steht das Auto.
Tür auf.
Der Sitz ist zu weit hinten, also schieb ich ihn vor, zurück, justiere die Rückenlehne. Sicherheitsgurt. Gut. Rückspiegel. Seitenspiegel. Gut. Schlüssel ins Zündschloss. Steckt.
Das Herz.

Die Hände auf zehn und zwei Uhr und nass, nass, nass. Erinnere mich zu atmen. Ein, aus. Noch ist der Wagen aus. Noch steht der Wagen da. Ich schaue zu der Handbremse, die ist angezogen. Okay. Okay.

Ich muss ausparken oder drehen oder beides. Ich kenne diesen Wagen nicht, als ich damals fahren gelernt habe, hatten die Eltern einen anderen.

Wo ist das Licht? Was, wenn es regnet? Scheibenwischer, wo sind die? Hat die Heckscheibe auch welche? Und Fernlicht, das gibt es auch. Und Nebellicht.

Und Blinker!

Ich denke an die Autobahn. Der Wagen ist aus. Der Wagen steht geparkt im Leerlauf und mit angezogener Handbremse, zweieinhalb bis drei Autostunden, je nach Verkehr (vor dem langen Wochenende, was da los ist, dazu Ferienbeginn in drei Bundesländern). Okay. Okay.

Und als er mit den Knöcheln gegen das Heckfenster klopft, zucke ich zusammen.

»Vielleicht magst du Kuchen mitnehmen?«, fragt er. »Proviant?«

Er wartet, aber ich kann nicht. Nein. Geht nicht.

Irgendwann öffnet er die Fahrertür. »Schau, es hat aufgehört zu regnen. Magst du jetzt mit reinkommen? Die Herren Angler haben sich für später angekündigt. Ich hab Kuchen versprochen, nett wie ich bin. Hab aber gar nicht gefragt, wie viele es sind.« Er steht da bei offener Wagentür, wartet und schaut mich an, bis ich den Schlüssel wieder abziehe und ihm in die Hand drücke, weil er es doch weiß, weil er es doch eh schon gewusst hat, die ganze Zeit. Den Schlüssel hätte er nicht verstecken müssen. Nicht vor mir. Ich kann ja gar nicht fahren. Ich steige aus, folge ihm in die Küche, er schaut nach dem Kuchen im Ofen, der noch mindestens eine Viertelstunde braucht. Fängt an die Schüssel abzuwaschen. Dann sagt er: »Mach dir mal keinen Kopf wegen dem Haus. Haben die mir zum Geburtstag geschenkt, aufräumen und putzen.«

»Wer?«, frag ich.

»Meine Freunde«, sagt er, nimmt ein Küchentuch und trocknet die Schüssel ab.

»Du hast das vorher gewusst.«

»Was?«, fragt er, stellt dann die Schüssel ab.

»Dass wir hier hinfahren«, sage ich, frag ich nicht.

Er antwortet nicht.

»Aber dass ich mitkomme, das konntest du doch gar nicht wissen!«

Er zuckt mit den Schultern.

»BEN!«

Er holt noch eine Backmischung aus dem Schrank, Butter, Milch, Eier.

Sagt: »Vater will das Haus verkaufen.«

»Wie, das Haus?«

»Das hier.«

Dann dreht er sich um, schaut mich an: »Oder wusstest du das schon?«

Ich denke nach. Wusste ich nicht. Zucke mit den Schultern. Dann schüttel ich den Kopf.

»Wann?«, frag ich.

»Nach Ostern wird hier leer geräumt. Onkel Klaus geht zurück in die Schweiz, der wollte das Haus eigentlich haben und sich kümmern.«

»Hier war doch seit Jahren kein Mensch.«

»Eben.«

Ich setze mich hin und schau aus dem Fenster. Draußen wieder das Tier. Ich beschließe, dass es ein Kater ist.
»Vater sagt, dass es eh schon Leute gab, die gefragt haben. Die hat er wohl kontaktiert. Und die machen das dann platt.«
»Quatsch.«
»Doch. Isso.«
»Wie, platt?«
»Na, die alte Butze hier, da zieht doch kein Mensch mehr ein. Die reißen das ab und setzen hier mindestens ein schickes Häuschen hin, Premiumlage mit Seeblick.« Er grinst breit und hebt den Daumen hoch.
Dann dreht er sich um und schneidet die Butter in kleinen Stücken in die Schüssel.
Irgendwann ich: »Warum haste denn nichts gesagt?«
Seine Schultern.
Ich schau weiter nach draußen, da nichts.
Da nicht nichts, da der See, da alles, da damals. Kalt wird mir, ist mir.
»Ist schon okay, du musst mir nicht helfen«, sagt er, »alles muss man selbst machen« im Hausfrauenton.
»Der Vater hat gar nichts gesagt«, sag ich dann.
Er immer noch am Messen und Schütten und Rühren. Hört zu.
»Also nicht mal gefragt. Wenn Klaus das nicht will, ob wir …«
»Ach Annika«, sagt er dann.
»Na komm, oder hat er dich gefragt?«
Er schnauft. »Wenn, dann bestimmt nicht mich. Und du? Was willst du denn hier? Familie gründen? Strauße züchten? War das nicht mal ein Trend?«

Ich ziehe die Beine an, lege die Arme auf meine Knie. Er dreht sich dann doch wieder um, schaut mich an: »Also können wir einfach bleiben dieses Wochenende? Du und ich? Wie damals? Ein allerallerletztes Mal?«
»Von mir aus.«
Er sagt: »Damals war immer Sommer.«
»Es gab immer kleine Tiere, hier oder bei den Nachbarn.«
»Es gab den Hund.«
»Aufgepumpte Räder. Und irgendwo war ein Schwimmbad.«
»Einmal durfte ich Trecker fahren.«
»Einmal war im Ort Jahrmarkt mit Autoscooter und so.«
»Die Bäume«, sagt er.
Ich: »Die machen die dann bestimmt auch weg.«
»Wir haben Sachen gebaut.«
Ich schaue raus, als gäbe es inzwischen was zu sehen. Er sagt nichts mehr. Also stehe ich auf, gehe durch die Räume, das Kinderzimmer, die gute Stube, Großvaters Schlafzimmer. Oben der Speicher, das waren mal Länder, ferne, da ist nichts mehr. Damals war das alles. Jetzt nur noch ausgetrocknete Stifte, platte Räder und nicht mal was zu lesen.
Wieder in die Küche, er holt gerade den Kuchen aus dem Ofen, stürzt ihn auf einen Teller und stellt ihn ans Fensterbrett.
»Haben wir Alkohol?«, frage ich.
Er schüttelt den Kopf. Ich setze mich hin, starre aus dem Fenster, auf den Tisch, starre seinen Rücken an, die Wand, und breche mir einen Brocken Kuchen ab.
»Wird bestimmt spitze! Ostern! Hoher Feiertag! Und all die feschen Angler dazu!«

»Hast du schon mal Angler gesehen?«
»Nein.«
»Eben. Wann kommen die denn?« Ich schaue nach einer Uhr, wo ist eine Uhr, alles ohne Zeit hier. Nur einen Küchenwecker zum Aufziehen hat er, damit er weiß, wann er den Kuchen aus dem Ofen nehmen muss.
»Sie waren sehr vage, aber ich hab auch nicht nachgefragt. Warum, was haste denn noch vor?«
»Nichts.« Ich hab wirklich gar nichts vor. Die Arbeit. Daheim.
»Na fein! Dann hilf mir abtrocknen. Mach dich mal nützlich.«

Wir warten und warten. Ich mache das Radio wieder an, damit ich wenigstens weiß, wie spät es ist.
»Die kommen nicht mehr«, sag ich. Es ist Nachmittag, es ist schon fast früher Abend.
»Ach was, die mussten bestimmt alle noch arbeiten. Die kommen bestimmt danach.«
Aha.
Als die kommen, ist vier durch, ist fünf durch.
Ich weiß nicht, was er sich vorgestellt hat. Er weiß bestimmt auch nicht, was er sich eigentlich vorgestellt hat. So laut, wie er all den Kuchen nach draußen räumt, trägt, aufbahrt, doch nirgends eine Blaskapelle. Kein Trara, kein Tamtam. Ein mickriger Tisch. Eine Kiste Bier. Eine Flasche Schnaps. Die dazu passenden Plastikbecherchen. Miniaturen.
Er also laut, er also mit seinem verdammten Schokoladenkuchen, »Na, die Herren«, und ich, wie ich hinter ihm hertaper, dass ich nicht mal sehen muss, wie die Herren gucken.

Er umso lauter. Ob die Feierlichkeiten denn nun eröffnet seien?
»Welche was?«, fragt einer, ein anderer: »Was für ’n Ding?« Einer, der noch einen anstupst, fragt, wer das denn sei. Ob es nun plötzlich Angelnachwuchs hätte, nach all den Jahren. Ach, der.
Den Kuchen abgestellt, jetzt mit leeren Händen, stehen wir da, »Annika«, sag ich, weil ich angeguckt werde, weil die Gesichter fragen, weil sie mich nicht kennen, und er streckt allen die Hand hin, weit und groß und laut und »Benedikt, hallo!«.
Der Kuchen ist sogar geschnitten. Da kann man nicht mal mehr sagen, Mensch, ich schneid mal schnell den Kuchen, und hach, ich muss erst mal in die Küche, muss ein Messer suchen und holen, damit ich den Kuchen, ach was, DIE KUCHEN, schneiden kann.
Nicht mal zwölf Apostel, nur sieben Angler.
Ja nu.
Und nu?
Man schaut hoch in den Himmel. In zwei Stunden wird es dunkel. Sollte es erst dunkel werden, aber schon wieder Wolken. Die Temperatur macht dazu was, dass es plötzlich anfängt zu schneien. Na so was.
»Na so was.«
Mit offenen Bieren stehen die da und schauen nach oben. So was aber auch. »Ist der Gründonnerstag weiß, wird der Sommer sicher heiß«, sagt er da plötzlich in die leeren Gesichter, die schauen, als hätten sie noch nie Schnee gesehen.
Ja. Hat er gelesen.
Ich schüttel den Kopf. So viel Nein.

Die Angler schauen sich an, einer, nicht der Uniformierte oder sein Handlanger, ein anderer, ergreift dann das Wort, sagt, dass man hier also zusammen und wie jedes Jahr ist die erste Amtshandlung, mit dem Wels anzustoßen, und also füllen sie sich Schnäpse ein, aufrichtig und ohne Farbe, einfach nur Alkohol, der sich durch den Körper brennt, aufgeteilt auf Plastikbecherchen. Und nach einigem Zögern, nachdem Blicke unter den Anglern fragen »Die auch?« und genickt wird, bekommen auch Bruder und Schwester was, sind ja auch dieses Jahr so nett gewesen, und ja, denn man nich lang schnacken, und alle heben die Tässchen und eins extra wird als erstes in den See, in das Anglerloch geschüttet. Da sagen alle Angler laut »Prost!« in Richtung Gewässer, und Bruder schaut Schwester, schaut mich an, aber ich kann ja auch nur mit den Schultern zucken, Augenbrauen ganz weit oben.

Der See trinkt, dann trinken die Menschen, Prost. Und weil's so schön war und es schneit, dann schnell noch einen, aber bei dem Wetter dann doch besser nicht länger als nötig.

Einer schaut mich an, fragt, ob ich noch einen will, einen Kleinen? Stellt sich vor, sagt, die anderen nennen ihn Junior, weil er seit Jahren der einzige Nachwuchs sei und eigentlich ja schon auf die dreißig zugeht. (Bruder in meinem Nacken: »Aus welcher Richtung denn?«) Und wie? Ach Annika! Er sei der Mattes. Ja. Dann, wie lang ich denn hier bin? Ach? Na dann sieht man sich ja morgen gleich wieder.

Bruder schnauft, Schwester bekommt noch einen Schnaps. Und sage: »Ja, dann sieht man sich wohl morgen wieder.« Und frage, was es denn mit dem Schnaps im See auf sich hat.

»Na, der war doch für den Wels. Kennt ihr die Geschichte gar nicht? Der Mythos. Von Jahr zu Jahr wird der größer. Wahrscheinlich hat er auch zwei Köpfe. Hat mein Vater schon von erzählt, dass da so ein Monster auf dem Grund liegt, aber jetzt mal unter uns, das ist nur, damit da keiner schwimmen geht. Ist ja kein Pool. Ist ja zum Angeln.«
Klar. Wegen der Fische.
Na denn.
Bis morgen denn, verabschiedet sich, zwei Finger an die Stirn.
Und ab ziehen sie.
Bruder sieht zum Tisch. Alles noch da.
»Na dann. Kriegen die den halt morgen wieder hingestellt.«
Es schneit noch immer.
Ich schaue hoch. Schnee fällt auf mich. Von oben kalt und weich und leicht, innen warm und Schnaps. Es wird dunkel. Was tun wir nur hier? Ich schüttel mich, schau ihn dann an, wie er dasteht.
»Ein Wels?«, frag ich.
»Ist bestimmt ein halber Lindwurm. So groß, dass er nur noch eingerollt auf dem Boden liegen kann. Der Arme.«
Blick auf den See, den Teich, das Anglerloch. Mausmeer. Big fish in a small pond, denk ich. »Komm rein«, sagt er, »und bring den Kuchen mit. Jetzt Abendbrot, dann ab ins Bett. Die stehen morgen bestimmt zum Sonnenaufgang auf der Matte, da möchte ich nicht im Schlafanzug aufmachen.«
Er voran im Sauseschritt, pro Hand ein Kuchen.
Ich gehe zum Tisch, da steht noch der Schnaps. Nehme die Flasche, nehme einen großen Schluck, noch einen. Folge dem Bruder.
In der Küche macht er das Feuer groß, dass es knistert,

knackt. Drinnen in mir brennt und glüht der Alkohol mit kleiner blauer Flamme.
Das Radio läuft und sagt, dass es Abend ist. Zählt auf, was den ganzen Tag passiert ist.
Ich schmiere mir ein Brot, beiße ab. Lege es auf den Teller, da bleibt es liegen. Er stellt mir Tee vor die Nase. Ich reibe mir die Augen und schaue mein Brot an, das da liegt.
»Na, das war doch schon ein voller Tag.«
»Mir fehlen die kleinen Tiere«, sag ich.
Und Sommer ist es auch nicht.
Und ich bin kein Kind.
Das ist kein Urlaub. Keine Ferien.
»Ich bin müde«, sag ich.
»Aber es ist ja noch nicht mal acht!«
Ich zucke mit den Schultern, »das muss die gute Landluft sein«, sag ich, als ich aus dem Zimmer gehe, nicht mal die Zähne putz ich mir (pfui), schiebe nur die Schuhe von den Füßen, lasse die Strickjacke fallen und mich selbst ins Bett, das kalt auf mich wartet und warm wird.

*

Sie hat ja nicht mal ihr Brot fertig gegessen.
Nicht vom Tee getrunken.
Im Radio beginnt eine Diskussionsrunde.
Ich stelle es aus.
»Mensch Anni, schön, dass du bleibst. Übrigens, ich hab die Schule geschmissen. Und ich hab keine Ahnung, was ich machen soll.«
Ich schau zur Tür, aber sie ist schon längst im Bett.

Karfreitag

Das Zimmer riecht nach ihrem Schnapsatem. Ich höre sie im anderen Bett liegen und frage mich, ob sie träumt. Rapid Eye Movement. Sie redet im Schlaf, nicht laut genug, also Traum. Ich ziehe mein Handy aus dem Kopfkissenbezug. Nachrichten. Von Mia.

Dass alles aufgeräumt ist und geputzt.

Und dann hat sie noch geschrieben, dass es sich rumspricht.

Sei froh, dass deine Eltern nicht da sind.

Mein Puls wird schnell, mein Atem, alles rast und schwitzt und wird eng, vor allem im Hals und im Bauch und in den Herzkammern. Nur ruhig Blut.

Perlentaucher können so lange unter Wasser bleiben, ohne Luft zu holen, weil sie ihren Metabolismus runtermeditieren. Dem Körper sagen, dass alles jetzt nur noch langsam läuft. Das unter Wasser. Denke an Wasser, an Perlen. An das Geräusch, das Wellen machen.

Ruhig Blut.

Was hast du nur vor?

Ein Schulterzucken, das sich nicht simsen lässt.

Ich atme ein und aus und ein und aus und zähle dabei Sekunden, langsam, bis der Puls wieder runterkommt.

»Das, liebe Freunde, wäre fast eine Panikattacke geworden«, sag ich leise, aber hört eh keiner. Im Bett nebenan dreht sie sich auf den Rücken. Schnarcht kurz. Schweinegrunzen.

Ich schaue raus, es ist hell. Ich höre niemanden. Hatte mir doch vorgenommen in aller Herrgottsfrüh aufzustehen, aber ach. Antworte den Eltern, dass alles ruhig ist, dass aufgeräumt ist. Wünsche ihnen frohe Feiertage. Mache das Handy ganz aus.
Lege es zwischen Bettrand und Matratze, da an die Wand. Da kommt sie nicht drauf.
Schaue rüber. Ihr schlafendes Gesicht mir zugewendet. Zerknautscht zwischen Federbett und Matratze. Herr Busfahrer, könnten Sie bitte die Türen noch mal öffnen? Muss kichern. Drehe mich wieder auf den Rücken, den Kopf in meine Hände gelegt, da oben die Decke.
Was hast du nur vor?
Sie dreht sich wieder um, nörgelt im Schlaf, nörgelt zur Wand hin.
Wird stiller. Ich gucke nur kurz rüber, dann wieder zur Decke, atme, aber der Puls, die Unruhe.
Das Bett quietscht und wackelt, als ich mich aufsetze, die Beine vor das Bett stelle, die Füße auf den kalten Boden. Halte inne und lausche der Schwester, aber die ist mit einer anderen Unterhaltung beschäftigt. Dann stütze ich mich so gut ab, wie man sich auf einer Matratze abstützen kann, die Füße in die offenen Turnschuhe. Leise die Tür, leise auf den Flur, wieder die Tür, lausche, aber die schläft.
Ins Bad und pissen, dann wasche ich mir die Hände mit einer fast noch neuen Seife, die viel zu groß zwischen den Händen liegt. Schaue in den Spiegel. Von draußen Stimmen. Schmeiße mir zwei Hände voll kaltes Wasser ins Gesicht und gehe in die Küche. Da schau ich zum Fenster raus. Der Himmel steingrau. Der See nur eine Nuance dunkler. Da die Herren Angler, alle eingemummelt, dass sie aussehen,

als hätte man sie mit groben Stiften gemalt. Ich zähle durch. Sind keine neuen dazugekommen.
Das Thermometer sagt, dass es neun Grad warm ist. Ich reibe mir die Schultern, stehe in der Küche, die Küche ist wieder kalt. Mache den Ofen an, mache das Radio an, mache eine Kanne Kaffee, und meine Grundschullehrerin immer noch in meinem Kopf, dass wir auch andere Verben als »machen« benutzen sollen, dass man allerhöchstens in die Hose macht. Ich feuere den Ofen an (Ofen! Ofen! Ofen!), schalte das Radio an, koche eine Kanne Kaffee. Denke an den kalten Ofen im Bad. Die Schwester will bestimmt duschen. Sich ordentlich waschen. Ausgezogen. Also packe ich einen Eimer mit Kohle und Holz und Zeitungspapier, dazu die langen Streichhölzer, gehe ins Bad. Kümmere mich.
Dann wieder in der Küche. Die Angler wie eingefroren. Wie Figuren, die da einfach nur abgestellt wurden. Vielleicht sind das keine Menschen, vielleicht sind das Schneemänner.
Weil jemand einen Scherz mit uns machen wollte. Dann überlege ich, wer hier Scherze macht, und verwerfe den Gedanken.
Stattdessen *Was hast du nur vor*, im Kopf, in Wiederholung, Endlosschleife, laut.
Das Wasser kocht, die Kaffeekanne, der Filteraufsatz, das steht da alles schon bereit, nehme einen Lappen, damit den Kessel und gieße langsam ein, nur so viel, wie in den Filter passt, weniger. Warte, und schaue der Brühe zu, wie sie versickert. Mehr Wasser.
Ich stelle den Kessel auf die Anrichte und gehe zur Stifteschublade. Ich finde einen Stift, ein Blatt.

Trage beides rüber zum Kaffee, gieße Wasser nach, warte,
mehr Wasser, schreibe

PLÄNE

Oben auf das Blatt. Plural. Schon mal nicht schlecht.
Und weil Plural, direkt untendrunter ein
1.
und dann noch
2.
aber das war vielleicht zu voreilig.
Pläne können einiges sein.
Zum Beispiel das mit dem veganen Leben in Angriff
nehmen. Kochen lernen.
Dann sehe ich mich schon über Kochbücher gebeugt,
mit Löffel in der Hand vor dampfenden Pfannen und
Töpfen. Dann Zeitsprung, wie ich Freunde bekoche, die
die Daumen heben (Filmmontage), dass ich irgendwann
vor meinem eigenen veganen Imbiss stehe.
Hunger, der sehr real und jetzt.
Da steht noch der Kuchen von gestern, ich breche ein Stück
ab und stecke es mir in den Mund.
Ich könnte reiten lernen. Rettungsschwimmer. Life skills.
Und weiß eigentlich, dass ganz oben draufstehen muss: mit
den Eltern reden.
Dass danach wahrscheinlich dasteht: Arbeit suchen.
Irgendwo ein Zimmer finden.
Kopfschütteln, atmen, ruhig Blut, gehe zum Radio und
suche einen neuen Sender.
Die machen Thementag. Weil Karfreitag Tanzverbot ist,
nur Lieder, die vom Tanzen handeln.

Das macht doch bestimmt vierzig Prozent aller Lieder aus. Und die anderen handeln von Liebe. Tanzen und Liebe. Hier und da was Politisches, aber eigentlich: Tanzen und Liebe.
Die Musik legt sich über die Eltern, die Vorstellung von den Eltern, wie sie fassungslos vor mir stehen, Mutter weint, Vater tobt, Mutter wirft die Hände vors Gesicht, während Vater brüllend zur Tür zeigt.
Eine neue Sprache lernen. Was Skandinavisches vielleicht. Oder noch was Romanisches.
– Schwedisch
– Holländisch
– Portugiesisch
– Türkisch
– Polnisch
–

Der letzte Gedankenstrich leer.
Ich gieße Wasser nach. Die Kaffeekanne ist voll. Ich finde das Stövchen und habe gestern auch Teelichte gekauft, allein schon weil man mit Teelichten nicht erfrieren kann. Das hab ich mal gehört.
Ich gieße mir eine Tasse ein und sehe über die Schulter nach draußen. Einer hat sich bewegt, steht neben einem anderen. Ich frage mich, ob die reden oder einfach nur stumm auf das Wasser rausgucken.
Wie lange muss man das aushalten, da zu sitzen, warten, hoffen, und vor allem: Geduld haben. Bis man was fängt. Angeln lernen.
Ich puste in den Kaffee, der bleibt heiß.
Die beiden, die zusammenstehen, schauen zum Haus hin.

Ich weiß nicht, ob die mich von da, wo sie stehen und sitzen, sehen können.
Nachrichten im Radio. Es ist Krieg, es ist immer Krieg, es sind Menschen zusammengekommen, um über den Krieg zu reden, es sind Menschen zusammengekommen, um zwischen den Beteiligten zu vermitteln. Woanders ist einer wahnsinnig geworden und hat Menschen, die er nicht mal kannte, umgebracht und verletzt, bis die Polizei ihn erschossen hat. Dann noch, dass Ostern ist. Karfreitag. Und das Wetter für das kommende Wochenende: schlechte Temperaturen und schlechter Niederschlag.
Frohe Ostern. Es ist acht Uhr und vier Minuten.
Dann gehe ich nach draußen, mit dem Kaffee in der Hand, ohne Jacke. Man schaut hoch, als ich näher komme. Sage »Guten Morgen!«, und sag es zu laut. Man nickt mir zu. Frage den Uniformierten, der heute der Zivile ist, wie denn die Fische beißen. Der beugt sich zu mir. Dass ich mal nicht so laut sein soll. Wegen der Fische. Nicke und entschuldige mich.
»Brauchen Sie irgendwas?«, flüstere ich irgendwann, aber der Mann schüttelt nur den Kopf. Deutet hinter sich, da: Thermoskannen. Sagt, dass sie das Klo hinter der Werkstatt benutzen, dass man sich selbst verpflegt.
»Ist Ihnen das nicht zu kalt?«, frag ich. Und überlege, ob ich ihnen anbieten soll, nach drinnen zu kommen, sich aufzuwärmen.
»Nein«, sagt der Mann und schaut wieder nach vorne, dahin, wo die Angelschnur ins Wasser hängt, und wartet. Alle Augen nach vorne.
Kalte Schultern. Ich geh rein, der Kaffee in meiner Hand jetzt trinkbar.

Ich drehe das Radio leiser, viel zu gute Laune. Das Guten-Morgen-Duo: aufgepumpte, hoch dosierte Koffeinstimmung. Alles in Caps Lock und mit Ausrufezeichen.
Was hast du nur vor.
Nehme die Liste von der Anrichte und lese sie und nein, Lower Space nein, zerknülle das Blatt und schmeiß es in den Ofen.
Und stehe in der Küche rum. Dann sehe ich oben im Regal Wanderkarten.

Inzwischen habe ich im Bad noch mal nachgefeuert, jetzt ist es warm.
Habe den alten, kalten Kaffee weggeschüttet, eine zweite Kanne gemacht, die steht auf dem Küchentisch und wartet auf die Schwester, dass sie wach wird. Habe ihr einen Teller bereitgestellt, dazu eine Tasse, habe ihr ein Ei gekocht und es in ein Küchenhandtuch gewickelt. Habe ihr Kuchen geschnitten, Brot. Auf dem Tisch außerdem: Käse, Marmelade, Tomaten, Pfeffer, Salz, Butter.
Draußen steht eine Katze in Schwarz hinter den Anglern.
Die Schlafzimmertür geht auf, ihre Schritte zum Bad, die Tür, die Klospülung irgendwann. Sie ist jetzt wach.
Sie bleibt im Bad, höre nichts, kein Wasser, kein sonst was, also geh ich in den Flur, klopfe leicht an die Tür, sage:
»Guten Morgen!«
Keine Antwort.
»Ich hab Frühstück gemacht. Und Kaffee!«
Vielleicht sitzt sie auf dem Klo.
Vielleicht ist sie ohnmächtig geworden und hat sich beim Fallen den Kopf am Waschbecken aufgeschlagen.
Ich klopfe noch einmal, sie von drinnen laut und schlecht

gelaunt und unverständlich. Sage also, dass ich dann einfach in der Küche warte.
Ich am Tisch. Im Radio Whitney Houston.
Hier: Zeitkapsel.
Es gibt Orte, die bewegen sich langsamer als der Rest. Die hinken nach, ohne dass es sie stört, und jetzt kommt sie in die Küche und schaut mich an und Mundwinkel auf den Schultern, setzt sich laut hin.
»Hast du Kopfschmerzen?«, frag ich.
»Willst du Kaffee?«, frag ich, und sie schaut, als hätte ich ihr Gülle angeboten.
Stehe auf und hole ihr ein Glas, eins von den großen, fülle es an der Spüle mit Leitungswasser. Stelle es ihr vor die Nase.
Sie schaut mich nicht mehr an, nur das Wasser, von dem sie einen kleinen Schluck nimmt. Sie hat eine Wolldecke um die Schultern gelegt, wie einen Umhang, den zieht sie immer wieder zurecht, weil die Decke nicht auf den Schultern liegen bleiben will.
»Ich hab mir überlegt, dass wir heute einen Ausflug machen. Wandern gehen. Natur und Sehenswürdigkeiten. Dann einkehren. Ich hab uns auch schon zwei Routen rausgesucht, schau«, sag ich und schiebe ihr eine Karte von 1992 unter die Nase, »Das hier …«, und sie steht auf, Decke und alles, der Stuhl kippt um, das registriert sie, aber dann geht sie wieder.
Und wieder Nachrichten, es ist jetzt zehn Uhr und immer noch Krieg.
Die Zimmertür.
Dann nur noch das Radio.

Auch der zweite Kaffee wird kalt. Warte, und schaue das Frühstück an, das da steht, abholbereit. Sie hat sich wieder hingelegt. Ich hab meinen Kopf zur Tür reingesteckt, gefragt: »Annika, brauchst du was?« Sie: nur noch ein Berg aus Kissen und Plumeau. Nicht mal ein Geräusch hat sie von sich gegeben, einzig textiles Rascheln.

Dann nach einer Stunde wieder rein, frage, ob sie jetzt wach ist. Ich würde gerne los. Den schönen Tag. Solange es nicht regnet. Ich hör mir zu und bin plötzlich 45 Jahre alt, dass ich mir an die Stirn greife, um zu sehen, ob meine Haare schon nach hinten gerutscht sind.

»Lamminru!«

Hab sie gelockt mit Essen, mit der Badewanne, hab gesagt, dass wir vielleicht auch schwimmen gehen können, wenn sie mag, in die Sauna, und ich finde dann schon raus, wo man, aber nein. NEIN!

Was hast du nur vor? EINEN AUSFLUG WOLLTE ICH MACHEN! MIT MEINER SCHWESTER!

Was sehen, laufen, vielleicht dabei was lernen. Sich unterhalten, meine Güte, das sollte doch möglich sein. Eben reden. Weil wir nie reden.

Im Radio, das weiter dudelt, jetzt die Nachrichten zur halben Stunde, so rechnet man hier die Zeit, in Nachrichtenblöcken, egal, es ist zwölf Uhr dreißig.

Und dann stampfe ich aus der Küche durch den Flur ins Kinderzimmer, da reiß ich ihr die Decke weg, schmeiße sie auf den Boden und setz mich obendrauf.

Sie zetert, sie zieht an meinen Armen, sie denkt kurz nach, meckert und nimmt dann meine Decke vom Bett.

Wie ungerecht es irgendwann war, dass ich jünger, aber stärker und auch größer, das hat sie mir vorgehalten, erst

mir, dann den Eltern, dass das nicht fair war, und sie plötzlich verlor, wenn wir gekämpft haben.
Ich muss nur mit einem Arm greifen und hab dann die zweite Decke.
Sage ihr, dass es im Bad warm ist, extra für sie, der Ofen angemacht, damit sie sich nicht irgendwas abfriert und verdammtnochmal! (laut, also VERDAMMTNOCHMAL), sie soll jetzt duschen und sich anziehen, und dann wird ein Ausflug gemacht, sonst ist was los!
Drill Instructor Benedikt. Hopphopp, fünf Minuten zum Waschen, für die Zähne weitere drei, dann anziehen, ich daneben mit Blick aufs leere Handgelenk.
Irgendwann steht sie draußen vorm Auto.
Laufe an ihr vorbei, das Auto bleibt stehen, sag ich ihr, und dass sie sich beeilen soll, los, wir sind schon spät dran.
Vorbei am Nachbarhof und weiter bis zur Ecke der Bundesstraße, da eine rudimentäre Bank. Ein Schild mit einem verblichenen H obendrauf.
Ich gucke auf den Plan und grinse mir selbst zu, schau mich um, die Hand an der Stirn hin zum Horizont der B paarundwaszig.
Da kommt tatsächlich ein Bus. Dass es das noch gibt. Ich winke, damit der Fahrer auch ja hält, das tut er, Türen gehen auf, zwei steigen ein, kaufe zwei Fahrkarten, während sie an mir vorbei nach ganz hinten geht, sich in die Mitte der letzten Bank setzt. Sie schaut mich an, als ich mit den Fahrkarten nach hinten taumle (der Bus fährt einfach so an), dann guckt sie demonstrativ zur Seite. Beide Hände auf den Rückenlehnen der Reihe vor ihr. King of the Castle.
Ich setze mich zwei Reihen vor sie.

Der Busfahrer verlangsamt vor jeder Haltestelle kaum merkbar.
Schaut hie und da mal im Rückspiegel nach hinten, was die beiden einzigen Passagiere machen, aber die sitzen da nur und schweigen sich an, bis Brüderchen irgendwann zu Schwesterchen sagt, dass man jetzt aussteigt, nach vorne geht, den Knopf drückt.
Der Busfahrer stoppt zum ersten Mal seit siebzehn Minuten. Er schaut auf die Uhr und ist viel zu früh an der Haltestelle, also steigt er aus und raucht eine.
Der Junge und das Mädchen stehen am Waldrand. Brüderchen und Schwesterchen. Ich und sie.
Sie hat die Arme verschränkt.
»Da lang«, sagt der Junge, sage ich. Der Busfahrer schaut uns hinterher, bis wir im Dickicht verschwunden sind.
Dann tritt er seine Zigarette aus, schaut sich um, aber da ist niemand, dann fährt er weiter.
Benedikt und Annika, Hänsel und Gretel im finstren Wald.
Ich sage »Je älter ich werde« (sie schnauft verächtlich), »umso mehr lerne ich die Freizeitbeschäftigungen unserer Eltern schätzen. Wie: spazieren gehen. War doch als Kind todlangweilig, oder?«, sag ich. Übrigens hab ich die Schule geschmissen.
Sie antwortet nicht.
Also rede ich mehr. Und mehr. Und wie sie läuft, wie sie vor mir hergeht, stampft, die Fäuste in den Jackentaschen, Kopf zwischen den Schultern.
Gleich platzt sie, und ich erzähl ihr, wie ich mir mein Leben als Rentner vorstelle.
Dann mach ich Halt, greif sie am Jackenärmel, fest, bis sie auch endlich stehen bleibt, sich umdreht, mich anstarrt.

Reiche ihr eine Flasche, dazu schlapp: »Darf ich dir das Wasser reichen?«, und keiner lacht. Der Wald ist groß. »Der Wald erstreckte sich irgendwann mal über halb Deutschland«, sage ich jetzt, behaupte ich jetzt, und weiß, sie kann nichts dagegen sagen, weil sie in Geschichte noch schlechter war, als ich es bin, also füge ich hinzu, dass ich von der heutigen Fläche Deutschlands rede, was damals ja eine Ansammlung loser Staaten war, ein Flickenteppich aus Ländchen, die alle vereint in diesem Wald Unterschlupf fanden. Waldland.

»So war das damals.«

Und sie sagt: »Als wir noch in Höhlen wohnten und die Sprache der Tiere verstanden«, da lächel ich: »Ganz genau.«

Sie trinkt aus der Flasche, wischt sich danach den Mund mit dem Handrücken ab und schaut in die Baumkronen über uns. Merkt dann, dass ich sie angucke, nennt mich »Ben Laden« und gibt mir die Flasche zurück, damit sie die nicht tragen muss.

»Wir sind Pilger«, sag ich.

»Wir sind unterwegs, um den heiligen Gral zu finden«, sagt sie.

»Im Auftrag des Herren«, sag ich und sie stöhnt und rollt mit den Augen. »Jesus ist auch für deine Sünden gestorben, Annemarie!«

Wie hoch der Wald über uns aufragt, und wir sind wieder vier und acht oder neun. Wie sie mir Angst gemacht hat. Hic sunt dracones, oder: »Hier gibt es Wölfe und Bären. Die essen am liebsten kleine Jungs.«

»Aber nur in der Nacht«, hab ich gesagt, und sie: »Nein, besonders gerne zum Kaffee am Nachmittag.«

Am Wegrand ein gurgelnder Bach. Wer aus mir trinkt, wird ein
Tiger
Wolf
Reh
Am Weg außerdem Schilder, auf die zeige ich, ohne was zu sagen, und sie nickt.
Was hast du nur vor, und sagen: »Weißt du überhaupt, was, ich muss dir was erzählen, wo wir hier gerade zu Karfreitag durch den tiefen Wald wandern, ich habe nämlich …«, aber nein, noch nicht.
Stattdessen ein Lied pfeifen, bis sie mir in die Seite boxt und fragt, wie lange wir noch laufen müssen.
Jetzt käme der Hunger.
Sie müsse bald essen.
Nur ruhig Blut. Und gut dreihundert Meter weiter eine Weggabelung. Hier geht es zum Hexengrund, da zum Riesenberg. Hier geht es zum Restaurant und der Aussichtsplattform, da geht es zur Seilbahn.
»Man könnte auch …«, sage ich, zeige auf Tor Nummer zwei, sehe aber die Farbe aus dem Gesicht der Schwester weichen.
Nein.
Dann also hier entlang.
Und vielleicht wird der Weg ja auch kürzer, wenn wir ein Ziel haben. *Was hast du nur vor*. Ein Ziel haben. Ja, das wäre gut.
Sie fragt, ob ich genügend Geld dabeihabe, weil sie ein Schwein essen will, ein ganzes. Und dazu einen Kuchen, zweistöckig. Und ein Fass Limonade will sie auch. Und dann ein Bett, frisch bezogen und mit Schlafmaske und

Katze, die sich ihr schnurrend auf die Füße legt. Das will sie jetzt.
Nach einer Viertelstunde steht da das Restaurant, ein Imbiss mit zwei Tischen. Die Aussichtsplattform auch nur eine Ausbuchtung im Parkplatz mit Geländer. Wir gehen rein ins Haus, in diese Hütte, die Butze, gehen rein, weil es anfängt zu nieseln. Drinnen ist keiner.
Ich rufe in den Laden, in das Lokal, laut »Hallo?«, und neben mir an der Wand jault ein Spielautomat auf.
Ich zucke zusammen, sie lacht.
Es riecht nach Rauch, dabei darf man hier seit bestimmt zehn Jahren oder länger nicht mehr rauchen. Frage mich, ob sich hier oben jemand dran hält. Höre einen Fernseher in einem Nebenraum hinter dem Tresen. Noch mal »Hallo?«.
Irgendwann schlurft ein Mann nach vorne, bleibt hinter dem Tresen stehen. Die Schwester fragt als Erstes nach einer Toilette. Die sei nur für Gäste.
»Wir sind Gäste«, sagt sie ihm, dass sie aber erst aufs Klo müsse und dann erst essen könne, und ob er ein Problem mit der Reihenfolge hätte.
»Ich würde dann schon mal die Getränke bestellen«, sag ich und setze mich an einen Tisch. Papiertischdecke in Blau-Weiß mit Griechenlandmuster. Also schau ich mich um und frage mich, ob ich was missverstanden hab. Sie bekommt einen Schlüssel und muss ums Haus rum. Der Mann kommt zum Tisch, schmeißt mir zwei Karten vor die Nase.
»Eine Flasche Wasser hätt' ich gerne. Mit zwei Gläsern.«
»Mit oder ohne Sprudel?«
»Natürlich mit«, sag ich und der Mann schnaubt, als wär's eine Beleidigung.

»Sonstnowas?«
»Ich guck erst mal, danke.«
Er schaut zum Fernseher hin.
Nicht Fußball.
Ich gehe die Karte durch. Will fragen, was man denn hier essen kann, wenn man Vegetarier, aber der Mann steht immer noch mit dem Rücken zu mir.
Die Schwester kommt zurück, fragt, ob ich mich noch an die Toilette aus *Trainspotting* erinnern kann. Ja, warum?
Sie zieht die Augenbrauen hoch und nimmt dann die Karte.
Als sie wieder hochschaut, ruft sie dem Mann laut zu: »ENTSCHULDIGUNG?«
Der dreht sich in Zeitlupe um, und ja, stimmt ja, da saßen ja welche.
»Was ist denn heute die Suppe des Tages?«, fragt sie.
Er zuckt mit den Schultern.
»Dann also keine Suppe«, sagt sie leise zu sich selbst, lässt wieder den Blick über die zwei Seiten der Karte wandern, also frag ich: »Was können Sie uns denn heute empfehlen?«, woraufhin der Mann einfach verschwindet.
Wir schauen uns an.
Sollen wir gehen?
Er kommt zurück, stellt endlich eine Flasche Wasser und zwei Gläser auf den Tisch, kommt wieder mit einem Körbchen mit Besteck für zwei, dazu eine Flasche Ketchup und ein Glas Senf.
Dann wieder Abgang. Sie schaut mich an, ich zucke mit den Schultern und gieße uns erst mal die Gläser voll Wasser, da, rehydrier mal.
»Spannend«, flüstere ich ihr zu und sie nickt.

Man hört Küchengeräusche, aber auch weiterhin den Fernseher.
Irgendwann sagt sie, dass sie die Melodie kennt. Der Mann kommt wieder, und sie zu ihm: »Ist das der *Trotzkopf*, was da bei Ihnen im Fernseher läuft?«
Der Mann schmeißt uns zwei Teller vor die Nase mit gebratenem Käsetoast, daneben ein Spiegelei und eine Scheibe Tomate mit Petersiliengarnitur.
»Hübsch sieht das aus«, sag ich.
»*Trotzkopf*, oder?«, sagt Schwesterchen wieder, der Mann sagt nichts, geht einfach, nicht ohne schon eine handgeschriebene Rechnung auf den Tisch zu legen.
»Mahlzeit«, sagt sie.
»Mahlzeit«, antworte ich.

Ich lege Geld hin, da auf den Tisch, dann schubst mich meine Schwester an, sagt: »Trinkgeld, sei mal nicht so knausrig!«, also noch ein paar Münzen mehr.
Draußen rieche ich an meiner Jacke und verziehe das Gesicht.
Sie sieht was, rennt nach vorne, ruft dann: »Gottfried Ben! Hier ist eine Bushaltestelle!«
Im Bus derselbe Busfahrer, der auf seinem Platz sitzt und Zeitung liest. Sie klopft gegen die Scheibe, er zeigt auf seine Uhr.
»Schau, wir können von hier oben wieder zurückfahren! Ist das nicht toll?«
Das war nicht der Plan. Wir hatten doch was anderes vor. Wir wollten doch noch. Und rede und rede, aber da steigt sie schon ein, sagt dem Fahrer, dass wieder der Bruder bezahlt, und geht nach hinten.

Ich wollte doch Zeit mit dir verbringen.
Wir sehen uns doch gar nicht mehr. Ich möchte dir was sagen. Nur dir.
Aber sie ist gar nicht mehr hier. Ist schon auf dem Rückweg, dabei ist der Bus noch nicht mal losgefahren.
Als ich bezahlt habe und zu ihr gehe und der Bus immer noch steht, sagt sie: »Schau, es fängt eh an zu regnen. Haben wir ein Glück, dass wir nicht mehr durch den finstren Wald müssen. Womöglich vom Wegesrand abkommen und dann dem bösen Wolf oder den sieben Zwergen begegnen.«
Ich setze mich ans Fenster, das ist kalt, so kalt, dass ich das, sogar ohne anzufassen, weiß. Der Regen wird stärker, der Busfahrer lässt den Wagen an, schließt die Türen und schaut noch mal nach hinten zu den beiden, die beide aus den Fenstern schauen, jeder in eine andere Richtung.

Es regnet noch, als der Bus an unserer Haltestelle hält und stehen bleibt, weil er schon wieder zu früh angekommen ist.
»Frohe Ostern«, sagt Brüderchen und Schwesterchen wünscht »Frohes Fest!«.
Von der Straße aus kann man die Angler sehen, die unverdrossen dasitzen, mit Regenjacken bei fünfzehn Grad. Das Wetter wird besser, der Regen wird wärmer.
Ins Haus, in die Küche, Holz nachlegen, Wasser für Tee kochen und nach draußen schauen.
Zombieangler. Wir schweigen, weil ich nicht rede. Dann sagt sie plötzlich, dass sie denen jetzt Tee bringt, gießt also das Wasser in eine Kanne mit drei Beuteln Darjeeling, wirft sich Großvaters Ostfriesennerz über und geht nach draußen. Weg ist sie.

Ich drinnen, schau ihr zu, wie sie mit der Kanne von Mann zu Mann geht, ihnen Tee in die Tassen gießt, sich umschaut und auf dem Tisch die Flasche Schnaps von gestern entdeckt und eine zweite Runde macht. Sich auch eine Tasse nimmt.

Der Kerl von gestern zeigt auf den See, zeigt auf den Himmel, und drinnen synchronisiert Brüderchen die Szene: »Schau, das hier nennen wir Himmel, so was habt ihr bestimmt nicht zu Hause, schau, ich kenn mich aus, und das da, das ist ein See, so nennt man das, wenn Wasser am Boden in einem Loch rumliegt.«

Und Schwesterchen säuselt: »Ach, das ist ja interessant«, und: »Du bist so ein gebildeter Mann!«

Der Typ sagt was, und Schwesterchen lacht mit dem ganzen Körper, legt dem Typen dabei auch eine Hand auf die Schulter.

»Ach, wie lustig du doch bist!«, sagt Brüderchen, sage ich.

So lustig kann der gar nicht sein. Ich bin lustiger. Aber sie ist draußen. Wie sich Glas anfühlt, wenn man auf der anderen Seite steht, wenn man durchschaut.

Dann bewegen sich die Männer, erst einer, dann der neben ihm, Dominoeffekt, und der Kerl bei Schwesterchen dreht sich von ihr weg. Wie allein sie da plötzlich steht, und klein. Die Herren, die ihre Sachen zusammenpacken.

Ich frag mich, ob irgendeiner heute was gefangen hat.

Ich frag mich, ob mich das interessiert.

Fühle nach, ob die Herdplatte noch heiß ist, und verbrenn mich nicht.

Gehe wieder zum Fenster, die Angler fast alle weg, nur noch der Typ da mit ihr und winkt einem anderen. Und geht dann auch.

»Komm rein«, sag ich, zur Scheibe, nach draußen, sag ich leise, aber sie hört mich nicht. Und schaut noch dem anderen hinterher. Sieht dann die Flasche immer noch da stehen, nimmt sie. Geht zum Haus.
Weg vom Fenster und gieße noch mal Wasser in den Kessel, stelle die Herdplatte wieder an.
Warte darauf, dass die Schwester reinkommt, aber das dauert, warum dauert das so lange, mag sie denn wirklich so gar keine Zeit mit mir, aber da kommt sie und hat nicht nur die Flasche in der Jackentasche, hat auch den Kater, die Katze, das Tier auf dem Arm.
»Schau mal, wir haben Besuch«, sagt sie.
Die Katze springt ihr vom Arm, bleibt aber in der Küche.
»Der ist das doch gar nicht gewöhnt hier drinnen. Der will bestimmt raus!«, sag ich.
Der Kater rollt sich auf der Eckbank ein.
Sie findet ein Geschirrtuch, beginnt damit das Fell trocken zu reiben.
Es schnurrt.
»Hast du Hunger?«, frag ich.
»Hast du Hunger?«, fragt sie die Katze.
Ich öffne den Schrank, hole eine Konservenbüchse raus, suche und finde in einer der Schubladen einen Dosenöffner. Linsensuppe. Mir ist gar nicht nach Essen.
Sie geht an mir vorbei und holt sich ein Glas.
»Jetzt stehen da draußen noch die ganzen Sachen«, sag ich zu ihr.
Sie zuckt mit den Schultern, gießt sich einen Klaren ein, setzt sich auf die Bank und zieht die Katze auf ihren Schoß. Krault sie mit der einen Hand, trinkt dabei einen großen Schluck.

»Trinkst du immer so viel?«, frag ich.
Ich kann hören, wie sie mich anstarrt.
»Nein.«
»Warum jetzt?«
»Weil ich es kann«, sagt sie.
Meine Augenbraue geht hoch, sie nimmt demonstrativ noch einen Schluck.
»Deine Suppe brennt an«, sagt sie.
»Unsere Suppe«, sag ich.
»Ich hab keinen Hunger«, sagt sie. »Wir haben doch eben erst gegessen.«
»Eben. Das war vor …«, aber ich hab kein Zeitgefühl.
Die Katze liegt als kleiner haariger Hügel auf ihrem Schoß, brummt gleichmäßig.
Ich schau sie an, aber sie guckt irgendwo hin. Nur nicht zu mir.
Jetzt. Da ist keiner mehr, der stört, nur der Kater, der unterbricht nicht.
Schwesterherz.
Ich rühre in der Suppe, probiere, gebe Pfeffer dazu, trage sie dann zum Tisch und stelle sie auf den Untersetzer. Hole zwei Teller aus dem Schrank, zwei Löffel. Zwei Gläser, fülle sie mit Leitungswasser. Hole immer wieder Luft und sag doch nichts.
Dann schöpfe ich Suppe auf meinen Teller und beginne zu essen. Weil ich es kann.
Warum sind wir nur so.
Sie trinkt und streichelt den Kater. Dann: »Sag mal, musst du nicht bald für die Schriftlichen lernen?« Ich bin satt. Nehme noch einen Löffel. Sie sagt: »Wann sind denn die Klausuren?«

Mein Teller ist leer. Gehe zur Spüle, lasse Wasser drüberlaufen. Ihr Glas, sie trinkt und gießt sich nach.
Ich zeige auf die Suppe, aber sie schüttelt den Kopf.
»Bist wohl zu schlau zum Lernen«, sagt sie.
»Und du?«
»Ich hab mein Abi schon.«
Ihre Augen ein Gewitter im Anzug.
»Die Eltern haben gar nicht erzählt, was du danach vorhast.«
»Und du?«
»UND DU?«
Die Katze maunzt.
Das geht so nicht. Jetzt nicht. Nicht so.
»Also keine Suppe?«, frage ich, sie antwortet nicht, da räume ich den Tisch ab. Stelle den Topf auf den Herd, die Platte schon wieder kalt.
»Magst du vielleicht einen Tee?«
Wieder Kopfschütteln. Schaut mich an, sagt plötzlich (ihre Stimme zwei Gläser voll): »Wenn man sich Geschwisterpaare so anschaut, vor allem die unterschiedlichen Geschlechts, dann kann man sehr oft eine Rollenverteilung beobachten. Da werden Grenzen sehr stark markiert. Hier das gute Kind. Da das Kind, das Probleme macht. Fängt vielleicht schon bei der Geburt an, dass es da Komplikationen gibt, Kind liegt falsch, Kaiserschnitt, fast zu spät, Fruchtwasser schon fast grün.«
Der Kater springt ihr vom Schoß, steht in der Tür und schaut vom einen zu der anderen.
»Was soll das jetzt?«, frag ich sie.
Sie zuckt mit den Schultern, sagt, sie hat da so was gelesen. Das fand sie interessant.

»Aha.«
»Na, jetzt sag doch mal, was willst du denn mal studieren?«
»Ich? Gar nichts. Ich hab die Schule geschmissen und harre der Dinge, die da kommen.«
Sie macht »pffft«.
Der Kater schleicht auf sie zu, Zeitlupenslalom um Stuhl- und Menschenbeine.
»Lieber Bruder, so leichtfertig sollte man nicht über die eigene Zukunft reden«, sagt sie, hebt den Kater hoch, redet ihm ins Ohr. »Wie gut, dass ich das gute Kind bin. Das keine Probleme macht. Das keine Widerworte gibt.« Der Kater maunzt. »Ich weiß«, sagt sie. »Ich bin so ein gutes Mädchen.« Sie lässt den Kater, die Katze fallen. Nimmt einen Daumen in den Mund und kaut. Und starrt aus dem Fenster, da ist nichts, da ist fast Nacht.
»Ich frag mich gerade, ob pflegeleicht zuerst ein Waschprogramm war oder eine Charaktereigenschaft«, sage ich irgendwann.
Sie zuckt mit den Schultern. Blick zum Kater, der springt.
Da sitzen wir.
»Und wenn du dich ordentlich anstellst und brav dein Abi machst, dann machst du die Eltern zu den glücklichsten der Welt, mit den allerallertollsten Kindern, Ben! Was glaubst du, wie neidisch all ihre Freunde dann sein werden!«
Das würde denen auch nicht reichen.
»Wie still du doch sein kannst«, sagt sie irgendwann und ich schnaube.
»Ich bin ein Problemkind.«
»Das stimmt, Benni, das stimmt.«
Ich lache falsch und stemme mich hoch. Greife mir in die Haare, kratze mich.

»Dann wäre das ja geklärt.«
Draußen der laute Mond. Sie stupst den Kater an: »Und du?«
»Bist du jetzt fertig?«, frage ich.
»Womit?«, fragt sie.
Ich drehe mich um, Hände in den Taschen, da draußen ist eh nichts.
»Ich gehe ins Bett«, sag ich.
»Wieso denn, du bist doch derjenige, der hier sitzen sollte, bis es hell wird! Ich bin eigentlich schon seit zwei Stunden im Bett! Ich steh doch gleich schon wieder auf und gehe joggen!«
»Ja Annika, stimmt. Genau so ist es.« Zwei Sekunden Augenkontakt. Dann geh ich.

samstag

Ich spiele schlafen. Ich atme und zähle den Atem so, dass er nach Schlaf klingt, liege mit dem Gesicht zur Wand, dass er nicht sieht, dass meine Augen auf sind, denn er ist wach, das kann ich hören. Der ewige Bruder.
Ich höre, wie sein Bett quietscht, höre, wie er innehält, und bestimmt schaut er zu mir und fragt sich, ob ich das Quietschen gehört habe und davon wach werde. Aber dann steht er auf, geht nach draußen und tut nicht mal leise, gibt sich keine Mühe.
Ich höre das Radio in der Küche, das er immer anmacht, immer muss da ein Geräusch sein.
Elendes Schreikind, das weiß er nicht mal, dass er ein ganzes Jahr die Nächte durchgekreischt hat, als wär er am Verhungern, Verdursten, als wär er schlimm krank. Und die Eltern, irgendwann sind sie sogar nachts in die Klinik gefahren, mich im Schlepptau, und war was? War er krank? Hatte er Schmerzen? Nee.
Er poltert in der Küche, er klappert und klimpert und rattert.
Das Arsenal an Küchenlärm.
Ich könnte aufstehen, zu ihm rüberstampfen, ihn anschnauzen.
Ja.
Also steh ich auf, geh in die Küche, die Klinke in der Hand,

steh ich da und mach den Mund auf, da sagt er schon: »Ist okay, wir fahren.«
»Wie jetzt?«
»Heim«, sagt er.
Ich setze mich auf die Küchenbank, heute gibt es wohl kein Frühstück. Heute stehen alle Schranktüren offen, er mal hier, mal da, nimmt Sachen raus, macht den nächsten Schrank auf, den Kühlschrank, sagt: »Ich muss nur noch kurz die Sachen zusammenpacken«, und dreht sich dabei nicht mal um. »Du kannst ja schon mal das Kinderzimmer und das Bad zusammenräumen, dann geht's schneller. Ist ja auch in deinem Sinne, nicht?«
Wer hat den eigentlich zum Bestimmer gemacht?
Ich bleibe sitzen.
Und er mit all den Tüten, die er vor zwei Tagen erst reingeschleppt hat, die kramt er jetzt aus einer Schublade, schüttelt sie auf wie Wäsche und packt ein.
Ich schaue raus. Die Angler bauen sich gerade auf. Kommen an, reichen sich Hände, nicken sich zu. Der Erste schmeißt die Leine aus. Lasset die Spiele beginnen.
Heute ist doch gar nicht Ostern. Heute ist doch einfach nur Samstag. Kein Feiertag. Ein ziviler Tag.
»Ich bleib«, sag ich. Weil ich das Gegenteil bin. Weil ich Hü zu Hott bin.
Vielleicht einfach, weil ich es kann.
Kann ich?
Er hält inne. Die Tüte in der einen Hand, ein Päckchen irgendwas in der anderen.
Packt dann weiter, schaut mich nicht an, dreh dich nicht um, der Plumpsack geht rum.
»Heute soll das Wetter auch gut werden«, behaupte ich.

Und im Radio kommt wie aufs Stichwort »Walking on sunshine«.
»Vielleicht lerne ich heute Angeln!«
Dann steh ich auf, gehe zum Herd, nehme den Kessel und fülle ihn mit Wasser, stelle die Herdplatte an, den Kessel obendrauf und lehne mich gegen die Anrichte.
Ich kann hören, wie er die Zähne zusammenbeißt. Und pfeife das Lied mit. Weil ich es kann.
Ich schiebe ihn leicht zur Seite, als er nach dem Kaffee greifen will, nehme ihm die Packung ab, sage sogar: »Verzeihung, darf ich mal kurz«, und bleibe da stehen, weil ich ja noch Filter brauche.
»Ich fahre«, sagt er wieder.
»Ich weiß.« Ich lege das Sieb ein, schütte Kaffeepulver nach Augenmaß rein.
»Echt«, sagt er.
»Reisende soll man nicht aufhalten.«
»Und wie willst du dann wieder nach Hause kommen?«, fragt er.
»Ach, da findet sich schon was«, sag ich und das Wasser kocht.
»Was denn, der Typ da draußen? Der Provinzromeo?«
Da muss ich lachen.
»Hör auf zu lachen!«, sagt er.
»Provinzromeo!«, sag ich und kicher, so lustig ist es eigentlich nicht. Aber wie er sich aufregt, wie er sich aufplustert. Ben Hur. Big Ben.
»Heute Abend ist außerdem Osterfeuer.«
Ich gieße das Wasser ins Sieb, dass das Pulver zu Schlamm wird, zum Sumpf, da blubbert es, und untendrunter fließt langsam fertiger Kaffee in die Kanne.

»Weißt du das gar nicht mehr, wie du zu Ostern in den Graben gefallen bist? Wie wir auf dem Acker ein Osterfeuer gemacht haben, und du musstest ins Haus, weil du nicht draußen pullern wolltest, und bist los, im Dunkeln, und hast den Graben nicht gesehen? Weg war er.« Und lache.
»Fällt er in den Graben, fressen ihn die Raben.«
Er schaut mich an, ich den Kaffee, das hat was Biblisches, denk ich, von wegen Wasser zu Wein, ich mach Wasser zu Kaffee, ha, das hatte Jesus bestimmt nicht drauf.
Er denkt nach.
»Dann«, sagt er.
»Dann«, sag ich.
Und er schaut sich um, da stehen jetzt überall Sachen, und die Schränke sind immer noch offen, auch der Kühlschrank, da geht gerade das Licht aus.
»Hör doch mal auf«, sagt er.
»Das ist total kindisch«, sagt er.
»Ach ja?«
Und wie der mich dann anguckt. Als sei er der Ältere. Ich bin es so satt. Ich bin ihn so satt, dass er entscheidet, dass wir nur wegen ihm hier gelandet sind, und sich alles immer, immer um ihn drehen muss.
Dann denke ich, nee. So nicht. Ich mach jetzt die Regeln. Ich bin jetzt der Bestimmer.
Ich sehe das Schlüsselbund auf dem Küchentisch und greif es mir einfach.
Ben guckt, da fang ich an die Schlüssel hin und her zu schmeißen, hoch in die Luft. Es klimpert. Seine Augen gehen hin und her, er sagt meinen Namen, einmal, zweimal, »Was denn?«, frag ich ihn. Jetzt wird er wütend. So Zen ist der gar nicht, war der nie. Ben und seine Wutanfälle.

Wenn ihm was nicht passt, kann der rot wie eine Tomate und laut wie eine Sirene werden. Aber ich bin schneller. Er versucht mir die Schlüssel wegzunehmen, da schlüpf ich an ihm vorbei. Stehe in der Tür nach draußen.
»Na?«, frag ich und die Schlüssel fliegen hoch in die Luft, ich fang sie auf, und Ben kommt hinter mir her, da bin ich schon draußen, immer schön die Schlüssel vor der Nase, wie eine Karotte, und du, mein Bruder, du bist der Esel.
»Annika«, so laut, dass sich alle Angler umdrehen, »WAS SOLL DENN DIE SCHEISSE VERDAMMT«, er kommt, er fasst mich, greift mich fest. Und das ist zu fest. Ich trete ihm auf den Fuß, er hält mich immer noch, versucht die Schlüssel zu fassen zu kriegen, ich beiß ihn, da lässt er mich endlich ein bisschen los, »GIB MIR DIE SCHEISS-SCHLÜSSEL!«, und quetscht den einen Arm, den er von mir noch festhält, aber die Schlüssel sind in der anderen Hand.
»GIB!«
»NEIN!«
Ich sehe seine Augen, wie er mich anstiert, und als er mich zu sich reißt, da hole ich aus, im weiten Bogen, schau, wie sie fliegen. Es platscht, die Fische erschrecken sich.
Und die Schlüssel sind weg.
Und ich steh da und denke: Jetzt sind die Schlüssel weg.
Er rennt an mir vorbei und zwei Schritte links am Weiher entlang, dann rechts. Da, wo die Schlüssel reingefallen sind, beruhigt sich die Wasseroberfläche wieder. Die Angler glotzen. Er macht ein paar Schritte hierhin und dahin. Bleibt stehen, greift sich mit beiden Händen in die Haare, und es dauert, aber irgendwann dreht er sich zu mir um.
»DU WARST DAS!«, sagt er.
Das stimmt.

Ich war das.
Ich zucke mit den Schultern.
»Das war mein Haustürschlüssel!«, sagt er.
Oh.
Dann stampft er auf mich zu, nimmt mich an den Schultern
»DAS WAR MEIN HAUSSCHLÜSSEL! UND DER AUTOSCHLÜSSEL! WIR KOMMEN HIER NICHT MEHR WEG, UND WENN DOCH, DANN KOMMEN WIR NICHT MAL INS HAUS, BEGREIFST DU DAS!?«
Ich boxe seine Hände weg.
»JA!«
Die Arme an den Seiten steht er vor mir, die Stirn gerunzelt, starrt mich an. »Dir ist doch nicht mehr zu helfen.«
Er schüttelt den Kopf.
Geht dann zu den Anglern, die uns die ganze Zeit beobachtet haben. Weil eh nichts beißt, weil wir hier viel zu viel Lärm machen. So viel Lärm kennen die hier gar nicht.
Er spricht einen an, wie tief denn der See sei.
Einer lacht auf, ein anderer, nein, zwei schütteln die Köpfe, stoßen sich an.
»Nee, Junge«, sagt der Angesprochene.
Das ist die falsche Antwort. Die Frage war keine von der Ja-Nein-Sorte, kein Entweder-oder.
Also fragt er wieder: »Wie tief ist der See?«
Der Mann reibt sich das Kinn, guckt zu den anderen, die winken ab.
»Erklär du mal.«
»Da siehst du nichts«, sagt der Mann. Da ist Dreck, da ist Schlick, außerdem Wasserpflanzen, und tief noch dazu. Das könnten nur richtige Taucher.
»Da willste nich rein.«

»Die sind weg«, sagt ein anderer und schaut auf den See. Da liegen irgendwo die Schlüssel. Die bewacht jetzt ein Ungeheuer, ein mutierter Wels, halb Drachen, halb Wolpertinger.
Die anderen nicken, zucken mit den Schultern, und mein Bruder steht da und weiß nicht.
»Na und?«, sag ich leise. Das hört sonst keiner, das hört nur er. Er dreht sich um und ist nur noch Wut.
Ich geh zum Haus.
Haltung.
Das ist jetzt so. Das ist nicht nur meine Schuld. Er hat mich ja quasi geschubst, der hätte mich ja auch nicht.
ICH BIN NICHT SCHULD.
JA.
Ich wurde verschleppt, ich wurde hier so gut wie ausgesetzt.
Er hat sich strafbar gemacht. Bestimmt.
Aber ich hab die Schlüssel … Ach.
Und gehe rein. Bleibe da eine Sekunde, aber das reicht nicht, ich muss irgendwas, weg vielleicht, ich nehme Opas Jacke aus dem Schrank, die Schuhe, geh zur Vordertür raus, immer noch barfuß, setze mich auf die Mauer vorm Haus und ziehe mir die Schuhe an, mit halbem Blick über die Schulter, ob er mir folgt, ob er mich vielleicht schlagen oder schütteln oder anbrüllen will, ob er weint, ich will das alles nicht sehen.
Schuhe an, Jacke über. Los. Den Weg entlang, vom Haus weg, an den anderen Höfen vorbei, zur Bundesstraße.
Es ist Samstag, heute hat Ostern Auszeit, heute liegt Jesus nur im Grab und ist tot, und die Menschen gehen einkaufen, weil morgen die Schwiegereltern vorbeikommen,

die Kinder mit den Enkelkindern, weil man noch Eier braucht, so viele Eier.
Auf der Bundesstraße fahren Autos vorbei.
Ich könnte den Daumen raushalten und trampen. Aber ich weiß nicht mal, in welche Richtung. Sagen, dass ich zum nächsten Bahnhof muss, der irgendwo ist. Aber hab ja nicht mal Geld.
Er hat Geld. Also zurück, einen von den Bauern anhauen, dass die mich zum Bahnhof fahren. Zurück nach Hause.
Vor verschlossener Tür stehen.
Alte Freunde anrufen. Freunde. Ich kenn da doch niemanden. Mehr.
Verdammte Schlüssel.
Verdammter Bruder.
Da ist die Haltestelle. Da setze ich mich hin.
Irgendwann kommt ein Bus und verlangsamt, als er sich mir nähert, aber ich schüttel nur den Kopf.
Ich bleib einfach hier sitzen.

*

Die Angler angeln einfach weiter, haben genug mit den Schultern gezuckt, jetzt liegt da mein Schlüssel im Weiher, nu, ist nu mal so, nich?
Einer sagt noch, dass sie sich melden, wenn jemand den Schlüssel fängt, und ein anderer lacht halblaut.
Und dann sind sie still und angeln.
Ich stehe da, hab die Vordertür bis hierhin schlagen gehört, hab sie dann gesehen, wie sie den Weg zur Straße hin ist, so gelb ist Opas Regenjacke, kann man nicht übersehen. Soll sie doch gehen. Soll sie doch abhauen.

In der Küche steht alles noch rum, und der Kühlschrank offen, macht Geräusche. Ich drück ihn zu.
Auf der Anrichte ist noch ihr verdammter Kaffee.
Halb gemacht.
Das egoistische Miststück.
Ich schütte den Kaffee in den Ausguss und schmeiß die Kanne hinterher, da zerbricht sie.
Liegt in Scherben im Abwaschbecken.
Nein, Hand, nicht reingreifen. Nein, ich muss das jetzt nicht sofort wieder sauber machen. Sollen die Scherben doch da drinbleiben.
Das Haus wird ja eh abgerissen.
Scheiß doch drauf.
Ich gehe ins Kinderzimmer, taste nach dem Handy, schalte es an, und es hat noch Saft. Habe eine Nachricht von den Eltern, ein Bild haben sie geschickt, Mutter am Meer, Vater nur halb drauf. Das sollte man ihnen mal erklären, wie das geht. *Schöne Grüße. Ist bei euch alles in Ordnung? Haben bei Anni angerufen, die geht nicht ran. Melde dich mal bitte.*
Die Nachricht von vor einer halben Stunde.
Ich hole Atem. Dann ruf ich sie an.
Es tutet nicht mal zwei Mal.
»Na endlich«, sagt Mutter.
»Hallo«, sag ich.
»Ist bei euch alles in Ordnung?«
»Ja, alles gut. Anni ist bei Freunden und hat ihr Handy hiergelassen. Das scheint aber auch tot zu sein.«
»Aber sie nimmt doch ihr Handy sonst überall mit hin!«
»Ja, weiß nicht«, sag ich.
Mama, wir sind gestrandet.
»Habt ihr euch gestritten?«, fragt sie.

Fragt sie nicht mal. Der Ton sagt: »Ihr habt euch schon wieder gestritten, oder? Dass ihr nicht einmal friedlich miteinander sein könnt.«
»Nein.«
»Lüg mich nicht an.«
»Okay, wir haben uns gestritten.« Da. Bitte.
Sie seufzt. »Könnt ihr euch denn nicht einmal vertragen? Was ist denn passiert?«
Alles.
»Ja, nichts, nicht wichtig. Ist halt so.«
Ich gehe mit dem Handy in die Küche und fange langsam wieder an die Lebensmittel aus den Tüten in die Schränke zu räumen. Ich muss nachdenken. Ich muss mir überlegen, was wir hier machen.
»Hast du dich entschuldigt?«
»Wieso ich?«
»Ben.«
»Sie hat meinen Schlüssel weggeworfen.«
»Welchen Schlüssel?«
»Deinen und meinen. Deinen Autoschlüssel und meinen Hausschlüssel.«
Mutter atmet tief durch. Im Hintergrund fragt Vater, was denn sei.
»Was heißt weggeschmissen?«
»So weggeschmissen, dass ich jetzt ohne Schlüssel hier stehe« – in Opas Haus. Drei Stunden von zu Hause entfernt. Also nicht zu Hause.
»Das kann nicht sein. Bist du dir sicher, dass das deine Schwester war? Hast du ihn nicht einfach verlegt?«
»Nein, sie war das.«
»Ja aber«, sagt meine Mutter und da greift schon Vater nach

dem Handy, »Benedikt, was ist denn los? Wer hat was gemacht?!«

Und während ich sage: »Annika hat den Schlüssel weggeschmissen«, sagt meine Mutter im selben Moment: »Angeblich hat Anni seinen Schlüssel weggeworfen.«

»Ja, aber wohin denn weggeworfen? In den Müll? Dann nimm ihn halt raus! Die Müllabfuhr kommt doch erst wieder am Mittwoch. Was ist denn das jetzt für ein Problem?«

»Nein, nicht in den Müll«, sag ich und denk nach, denk nach, denk nach, »in den Gully.«

Und dann sag ich, dass es ein Versehen war. Dass wir draußen waren, dass sie mit dem Schlüssel gespielt hat und ich ihn zurückhaben wollte, und dann ist er in den Gully gefallen. Und dann war er weg.

»Aber du bist doch jetzt im Haus, wie bist du denn ins Haus gekommen?«

Wie bin ich denn ins Haus gekommen?

»Die Terrassentür stand noch offen.«

»Ich hab dir doch schon x-mal gesagt, dass du die zumachen sollst, wenn du rausgehst. Du bist doch kein Kind mehr!«

»Aber war doch gut, dass sie auf war«, sag ich und greif mir fast an die Stirn.

Im Hintergrund Mutter, die meinen Vater fragt, wie sie denn jetzt nächste Woche zur Arbeit kommen soll. Und Vater antwortet, es gäbe ja noch einen Ersatzschlüssel fürs Auto. Zu mir: »Der Ersatzschlüssel, Benedikt. Oder besser, ich sag dir nicht, wo der liegt. Wie kannst du nur so unverantwortlich mit fremdem Besitz umgehen. Es ist mir unbegreiflich, wo du das herhast.«

»Anni war das.«

»Jaja. Aber Anni hat ihren Schlüssel noch«, sagt er.
Ich sag nichts mehr. Das ist ihm auch egal. »Wir regeln das Montag.«
»Okay«.
»Ja, Tschüs.«
Ich stehe am Fenster, mein Vater hat aufgelegt und da draußen zieht einer einen Fisch an Land.
Petri Heil.
Dann merke ich, dass immer noch das Radio läuft. Ein Lied, dann sagt der Moderator was, dann kommt wieder ein Lied und irgendwann wieder Werbung, dann Nachrichten, dann Wetter. Heute bleibt es trocken. Na immerhin, sagt der Moderator. Immerhin. Dafür nachts Temperaturen um den Gefrierpunkt. Und ich denke, dass ich noch nach Feuerholz schauen muss. Damit wir nicht erfrieren heute Nacht. Ich denke an die Teelichte und dass man das Zimmer vollstellen könnte mit Teelichten, und seh schon das ganze Haus in Flammen stehen.
Das Handy in meiner Hand. Erst hat es noch getutet, jetzt nichts mehr, der Akku meldet sich kurz, dass er aufgeladen werden möchte. Dringend. 4 Prozent. Dann wird das Display dunkel.
Die Männer ziehen den Fisch an Land und kommen zusammen, beraten, während das Tier einen Haken im Maul hat, während es nach Sauerstoff japst.
Und denke, wenn das hier ein Märchen ist, dann schneiden sie den Fisch auf, und in seinem Bauch finden sie die Schlüssel.

*

Der zweite Bus fährt an.
Ich schüttle den Kopf, er hält trotzdem. Neben mir geht die Tür auf. Der Busfahrer starrt mich an.
Ich starre zurück. Die Hände in den Taschen von Großvaters Ostfriesennerz. Seine Schwester war mit einem Krabbenfischer verheiratet, hat er mal erzählt. Dass er von ihr diesen Regenmantel hatte. Dass der echt sei. Als wäre er aus reinem Gold.
Der Busfahrer schaut auf seine Uhr, macht die Türen wieder zu. Bleibt stehen.
Ihn fragen, ob er mich nach Hause bringt. Den ganzen Weg. Mit dem Auto sind das fast drei Stunden. Mit dem Bus bestimmt mehr.
Vielleicht ist er abenteuerlustig. Vielleicht wartet er genau darauf, auf so eine Gelegenheit, dass da ein junges Mädchen seinen Weg kreuzt, Damsel in Distress, sagt: »Hilf mir, bring mich weg von hier.« Eigentlich wollte er viel lieber Indiana Jones sein, wollte aber nicht Archäologie studieren. Den Hut wollte er, die Peitsche. Aber nicht Altgriechisch und Latein lernen.
Der Bus fährt wieder an.
Wir hätten so glücklich werden können, du und ich, lieber Busfahrer. Wir hätten die Welt bereist, Abenteuer erlebt. Menschen kennengelernt, Drachen besiegt. Berge erklommen. So was.
Aber nee, musst ja weiterfahren und den Fahrplan einhalten. Das haste jetzt davon.
In einer Viertelstunde kommt der nächste.
Vor mir hält ein Auto, die Beifahrerscheibe geht runter.
»Hey«, sagt dieser Malte oder wie der heißt.
»Hi.«

»Wo geht's hin?«
Ich zucke mit den Schultern.
Malte. Ich könnte ihn fragen, ob er mich heimbringt. Bestimmt haben die Eltern irgendwo einen Ersatzschlüssel gebunkert. Unter einer Blumenschale oder hinter der Mülltonne oder bei den Nachbarn deponiert. Malte, rette mich. Bring mich zurück zu meiner Abschlussarbeit, damit ich sie fertig schreiben kann, damit die Welt ein besserer Ort für uns alle wird.
Ich will das ja gar nicht.
Ich hab ja den Schlüssel weggeworfen.
Ich war das.
Brüderchen wollte uns ja heimfahren.
»Kann ich dich mit zum Haus nehmen?« Wie der da über dem Beifahrersitz hängt. Eine Hand noch am Lenkrad. Den anderen Arm hinter der Lehne vom Sitz neben ihm. Als würd ich da schon sitzen.
»Nee. Danke.«
»Na komm.«
Nein heißt nein, will ich ihm sagen. Haben sie dir das nicht beigebracht?
»Nein«, sage ich.
Er hebt die rechte Hand, als wäre er ertappt worden. »Gut. Man sieht sich.«
Und fährt wieder los.

*

Ich kann nicht mehr denken.
Ich sollte noch einmal anrufen. Und dann sagen, was wirklich los ist. Wo wir sind. Dass wir Hilfe brauchen.

Nein, keiner blutet, niemandem fehlen Körperteile, nichts brennt. Aber wir brauchen trotzdem Hilfe.
Ich gehe nach draußen, und gerade kommt der Jungsche, mit wedelndem Autoschlüssel. Kommt an und stellt sich breitbeinig hin. Auf der einen Seite er, auf der anderen ich.
Frag ich: »Entschuldigung, die Herren, hat einer von Ihnen vielleicht ein Ladekabel für ein Handy dabei? Zufällig?«
Die meisten schütteln nicht mal den Kopf. Die meisten haben bestimmt Nokias der ersten Generationen, die müssen nur einmal im Leben aufgeladen werden und dann nie wieder. Die wissen bestimmt nicht mal, was ein Ladekabel ist.
»Was brauchst 'n?«, fragt Käpten Breitbein.
»Ein Ladekabel«, sag ich wieder.
»Welches?« Er hat immer noch seine Schlüssel in der Hand, als wüsste der, was Schwesterchen gemacht hat. Du hast keinen Schlüssel, aber ich, schau, wie viele Schlüssel ich hab. So viele Schlüssel. Da biste neidisch, was?
»Normales«, sag ich.
»Muss ich mal gucken«, sagt er, dreht sich um, geht. Dann winkt er mich zu sich, folgen soll ich.
Warum?
Und trotzdem geh ich ihm hinterher, zu seinem Auto in Silber mit Fußballschal auf der Hutablage und Aufkleber. Man ist also Fan.
Er macht das Auto auf, lehnt sich rein und wühlt, und ich stehe da.
»iPhone?«, sagt er ins Auto.
»Nein.«
»Echt nicht?«
»Nein.«

»Warum nicht? Aus Prinzip?«
Dann dreht er sich um.
»Prinzip?«, frag ich.
Ich schaue auf seine Hände, die sind leer bis auf die Schlüssel.
»Ja, muss ja 'nen Grund haben. Aber sorry, hab nichts anderes. Zu Hause vielleicht. Muss mal gucken.«
Dafür bin ich dem jetzt hinterhergelaufen.
»Is dringend?«, fragt er noch.
Ist es dringend?
Ich zucke mit den Schultern.
»Na dann«, sagt er. »Dann schau ich mal später. Kommt ihr zum Feuer?«
»Zum was?«
»Osterfeuer im Dorf. Ist ja sonst nichts los. Tanzverbot.«
Ich frage mich, ob der Standard tanzt. Oder ein Bierglastänzer ist. Man weiß ja nie.
»Ich hab kein Auto«, sag ich.
Er hebt die Augenbrauen, schaut zum Wagen, der da ja vor seinem steht, zeigt drauf: »Und das da?«
»Schlüssel ist weg.«
»Dann kommt ihr halt später bei mir mit.«
»Mal schauen.«
»Deine Schwester sitzt an der Bushaltestelle«, sagt er, ich nicke.
»Gut. Ich sag dann mal Bescheid, wenn ich losfahre. Daheim hab ich auch bestimmt ein Kabel.«
»Danke.«
»Da nich für.«

*

Der Bus hält. Die Türen öffnen sich, ich winke ab und schau die Straße entlang.
Der Motor geht aus. Busfahrer steigt aus, kommt auf mich zu. Ich stecke die Hände tiefer in die Jackentaschen.
Der macht vor mir Halt und steckt sich eine Zigarette an. Schaut auf das Päckchen, dann zeigt er mir das Bild drauf. Irgendein Fleischklumpen in Bäh.
Ich gucke weg.
Er raucht und starrt mich an.
Dann sagt er: »Hier fährt nur die eine Linie.«
Ich weiß nicht, was ich drauf antworten soll.
»Wenn du woanders hinwillst, musst du ins Dorf rein. Der Bus fährt da drüben ab«, sagt er und zeigt auf die andere Straßenseite. »Am Marktplatz geht der 526er.«
Ich frage mich, ob es hier in der Gegend 526 Buslinien gibt. Und wer hier die Nummern verteilt. Ob die willkürlich sind. Das sind die bestimmt.
»Ich brauche den 516er«, sag ich.
»Der fährt seit drei Jahren nicht mehr. Oder vier. Nee, drei. Einhalb.«
»Na Mensch. Dann, danke. Und einen schönen Tag noch«, sag ich.
Er steht da. Raucht. Guckt mich an.
Angriff oder Flucht.
Ich stehe auf. Die Hände aus den Taschen, verschränke sie vor der Brust. Starre ihn an.
Er grinst. Schmeißt die Zigarette auf den Boden, tritt sie aus. Spuckt aus. Dann geht er zum Bus, steigt ein, schließt die Türen und fährt los.
In einer halben Stunde fährt der hier wieder vorbei.
Dann bin ich nicht mehr hier.

Ich räume Sachen ein und aus und weg und hin und her. Da draußen nichts, nur das Wetter ist besser, da kommt Sonne durch. Die Angler blinzeln. Halten sich die Hände über die Augen. An Sonnenbrillen hat keiner gedacht. Ich auch nicht.
Schalte das Radio an, da immer dieselben Stimmen, ich bin erst zwei Tage hier und kenne doch alle Moderatoren, ich kenne all eure Lieder, gleich kommt bestimmt »I got you babe« und ich bin in Wirklichkeit Bill Murray. Schwesterchen ist nicht da. Könnte ihr sonst erzählen, dass eine Theorie ist, dass das die Vorhölle ist, was der in dem Film durchmacht. Aber sie ist ja nicht da. Außerdem weiß sie das eh. Das hat bestimmt sie mir erzählt.
Die Haustür geht auf, das klingt nach ihr. Wie sie reintritt, aber im Flur stehen bleibt und wartet.
Das hier ist ein Kammerspiel. Oder was von Kafka, von Beckett. Surrealismus in Wort und Bild.
Dann ein Einatmen, ein Ausatmen, dann Schritte und sie in Gelb, in Sonnengelb, kommt rein und sagt, dass es hier offenbar keine Frauen gibt. Doch, die eine, die Alte, aber die zählt nicht.
»Wenn das hier eine einsame Insel wäre …«, sagt sie und dann schüttelt sie sich und schaut eine Sekunde zu lang nach draußen.
»Ich versteh dich nicht«, sage ich.
»Nuschel ich?«
»Nein.«
Und das weiß sie auch.
Sie setzt sich an den Tisch, der Friesennerz arrangiert sich um sie herum, sie sagt: »Das musst du auch gar nicht. Mich verstehen.«

Sie schaut auf den Tisch und fährt mit dem Finger die Maserung entlang. Vertieft die Furchen mit einem Fingernagel. Lass das doch. Der gute Tisch.
Lass sie.
Sie schaut kurz nach draußen, bearbeitet dabei weiter die Tischplatte, hin und her. »Eigentlich sollte man sich hier verschanzen. Das Haus besetzen. Die verdammten Angler rauswerfen.« Sie schaut wieder auf ihre Hände.
Die Jacke verschluckt sie fast.
Und sie: Unterlippe vorn. Zerteilt die Tischplatte mit nur einem Fingernagel.
Ich versteh dich nicht. Ich versteh dich doch.
Oder nicht.
Ich kenn dich ja gar nicht.
Sie schweigt weiter, draußen stehen sie rum und warten darauf, dass Fische in die Falle tappen.
»Ich hab mit den Eltern telefoniert«, sag ich.
Dann halte ich die Luft an, warte, zähle, wie lange sie dasitzt, weiterritzt, kurz nickt, dann hochschaut und sagt: »Wie, telefoniert?!«
Ich hole das Handy, lege es vor ihr auf den Tisch. Als sie es in die Hand nimmt, leuchtet es kurz auf, tut einen letzten Atemstoß, dann geht es endgültig aus.
Sie guckt zu mir, und ich sage, dass ich kein Ladekabel habe und die da draußen auch nicht.
Warte.
Sie ist sauer. Aber da sind noch ein, zwei andere Gedanken, die sich vor »Ben hatte die ganze Zeit ein Handy dabei und hat es nicht gesagt« schieben.
Erstens: Was haben die gesagt?
Oder besser: Was hast du denen gesagt?

Nicht die Wahrheit. Nur eine Version davon. Eine abgespeckte. Eine didaktisierte.
»Der eine will später sein Ladegerät vorbeibringen oder so. Oder ich soll mitkommen«, sag ich.
»Was denn jetzt?«, sagt sie.
»Da ist ein Feuer.«
Sie lacht, sagt: »Wo brennt's denn?«, und kriegt sich nicht mehr ein. Dann lacht sie noch ein Weilchen und ich verdrehe die Augen. Ich greife nach dem Kuchen, breche mir ein Stück davon ab und beiße rein. Ich kann keinen Kuchen mehr sehen.
»Du hast dein Handy dabeigehabt«, sagt sie irgendwann, als sie nicht mehr lacht. Fingernagel auf Holz, Augen auf mich.
»Ja.«
»Und?«
»Ich hab gelogen.«
»Und?«
»Tut mir leid.«
Sie schaut, dann nickt sie einmal.

Also. Wir warten, bis der uns mitnimmt. Dann laden wir das Handy auf, damit wir wenigstens die Eltern anrufen können. Die sollen uns abholen. Die haben den Schlüssel. Den einzigen.
»Aber haben die nicht einen bei den Nachbarn oder so?«
Nein. Weil ich ja immer da bin. Weil ich immer in Rufweite bin. Dann muss niemand sonst einen Schlüssel haben.
»Okay«, sagt sie.
Schaut mich an, sagt, sie könne ja diesmal mit den Eltern telefonieren. Sei ja auch ihre Schuld.

Und so endet dann unser Abenteuer und alle fahren nach Hause und Jesus steht wieder von den Toten auf.
»Ich frag den mal«, sagt sie. Sie steht auf, geht nach draußen.
Ganz schön hell da.
Ich kneife die Augen zu.

*

»Hey«, sag ich.
Die Herren schauen, sehen, sie sind nicht gemeint, Blick geht wieder aufs Wasser.
»Na?«, fragt er.
»Ben hat gesagt, dass du uns ein Ladekabel besorgen kannst?«
»Was krieg ich denn dafür«, fragt er und zwinkert mir zu.
»Hast du was am Auge?«
»Nee, wieso?« Er reibt sich am Auge rum.
Schwierig.
»Fährst du demnächst nach Hause?«, frage ich.
»Ja, nich gleich, ne? Bin ja gerade erst hier.«
Er hebt kurz die Angelrute an. Schau hier, ich angle.
Beweisstück A: die Rute.
»Okay«, sag ich.
»Oder isses ein Notfall? Ich kann dir auch mein Handy geben.«
»Nee, ich kann die Nummer nicht auswendig.«
Ich will nicht alles erklären.
Was bisher geschah.
»Später«, sagt er.
Also geh ich wieder rein.
»Und?«

»Er will sexuelle Gegenleistungen.«
»DAS HAT DER GESAGT?«
»Rate.«
»Hat er?«
»Er hat gezwinkert. Das macht man hier noch. Er hat gar nichts gesagt, der angelt jetzt.«
»Ja. Nu. Dann.«
»Ja«, sagt sie.
Sie schaut auf die Küchenuhr und schüttelt dann den Kopf.
»Ich guck da immer wieder hin! Jedes Mal, und erst dann fällt mir ein, dass die steht.«
Sie schaut nach oben, zieht dann einen Küchenstuhl ran, zieht ihn bis vor den Türrahmen, über dem die Uhr hängt.
»Das ist mir zu viel Symbolismus«, sagt sie und hangelt sich nach oben. Dreihundert Prozent aller Unfälle passieren im Haushalt. Auch die, die gar nicht im Haushalt passieren. Dann nimmt sie die Uhr, schaut sie an. Komm doch bitte vom Stuhl runter, der wackelt doch.
»Hier«, sagt sie und hält mir die Uhr hin. Ich nehme sie, Schwesterchen steigt vom Stuhl. Ich drehe die Uhr um, öffne das Batteriefach. Leer.
»Guck mal«, sag ich.
»Siehste!«, sagt sie. »Symbolismus. Das Ganze hier eine einzige Allegorie. Benidorm, erklär mir doch bitte in zwei Sätzen, was eine Allegorie ist.«
»Nee.«
»Das musst du fürs Abi können!«, sagt sie.
Ich zucke mit den Schultern.
»Dann mach ich eben kein Abi.«
»Na komm.«
»Was mach ich jetzt mit der Uhr?«

»Willst du die behalten?«, fragt sie.
Ich schüttle den Kopf. »Du?«
»Nee.«
Wieder der Blick nach draußen. »Das kann dauern«, sagt sie.
»Wollen wir Rommé spielen?«
Ich zucke mit den Schultern und sage zeitgleich: »Okay. Haben wir denn Karten?«
»Ja, aber ich weiß nicht, ob die komplett sind.«
Das Radio läuft. Wir setzen uns an den Tisch, sie holt die Karten und wir gehen sie durch, wir ordnen sie, arrangieren sie in Stapel. Falsche Patiencen. Inventur.
Fehlt was?
»Ein Joker«, sagt sie.
»Weniger Glück«, sag ich.
»Das hat nichts mit Glück zu tun.«
Sie mischt und schaut mich dabei an.
»Kannst du dich noch erinnern«, sagt sie, »bei der Beerdigung, wie die alle drauf waren, wie dick die Luft war?«
»Weiß nicht.«
»Und du, du bist hier rumgerannt wie ein aufgeschrecktes Huhn. Bis ich dann mit dir was gespielt habe.«
»Aha«, sag ich. Sie hält die Karten immer noch in der Hand, mischt nicht mehr weiter, guckt schräg hinter mir in die Luft. »Ja«, sagt sie, »So war das damals.«
Dann teilt sie aus.
»Abalone«, sag ich. Das haben wir damals gespielt.
»Ja … Raus mit vierzig, anlegen nur, wenn draußen, austauschen nur mit Ansage.«
Ich nicke.
Dann nimmt sie die Karten auf.
»Siehst du«, sagt sie, »das hat nichts mit Glück zu tun, das ist

alles Strategie«, und dabei tippt sie sich an die Schläfe, als würde sie mir 'nen Vogel zeigen.
»Du hast alle Joker gezogen. Alle.«
»Ja, aber ich muss ja auch wissen, wie ich sie einsetze, oder?«
Ich rolle mit den Augen und fange an neu zu mischen, da sagt sie, dass ich ein schlechter Verlierer bin. »Das warst du schon immer.«
»Jaja.«
»Doch! Mich haben die Eltern nie gewinnen lassen! Mir wollten sie noch beibringen, wie Verlieren geht, dass das dazugehört, aber du«, sie beugt sich zu mir und rubbelt mit den Fingerknöcheln über meine Kopfhaut, »du hast ja Anfälle gekriegt.«
»Ich kann mich gar nicht dran erinnern, dass die Eltern mit uns gespielt haben«, sag ich.
»Doch, im Urlaub«, sagt sie.
»Mit dir vielleicht.«
Sie denkt nach. »Spanien!«
Ich schüttel den Kopf.
»Doch, oder?«
Ich lege den Stapel vor mir ab.
Sie schaut raus. »Warte, da tut sich was.«
Sie geht zum Fenster und macht es auf. Versucht es, es knarzt, das Glas klirrt gefährlich. Dann geht es auf und die Scheibe wackelt nach.
»Hey!«, ruft sie raus.
Ich stehe auf, stelle mich hinter sie, damit ich rausgucken kann.
Alle drehen sich um. Sie ruft: »Fisch gefangen? Geht's jetzt heim?«

Der Jungsche legt die Angel ins Gras und schlendert zum Küchenfenster. Hände in den Hosentaschen. Der lässt sich Zeit und sagt kein Wort, bis er bei uns ist, bis er sich locker am Fensterbrett abstützt.
»Hey«, sagt er.
»Ja«, sagt Schwester. »Was ist jetzt?«
»Kommst du mit zum Fest?«, fragt er.
»Wir kommen mit.« Ihr Zeigefinger pendelt zwischen ihr und mir in der Luft hin und her.
»Das Ladekabel. Das brauchen wir.«
»Verstehe«, sagt er und ich denke: Wirklich? Tust du das?
»Aber zum Fest kommt ihr auch, oder?«
»Aber natürlich. Ben hat eine Vorliebe für Folklore, da wird ihm ganz heimatlich zumute. Nicht wahr, Ben?« Schwesterchen dreht sich zu mir und ich halte beide Daumen in die Höhe.
Der Typ starrt uns an. Grinst weiter, grinst verwirrt.
»Ja, okay. Zehn Minuten?«
»Meine liebste Zeitspanne von allen«, sagt sie, und er überlegt, aber ihm fällt nichts ein, er dreht sich um.
»Bist du fertig?«, fragt sie mich.
»Ich bin angezogen«, sag ich.
»Das sehe ich. Aber was ist mit Geld? Und, ach, shit, der Schlüssel für hier?«
»Der war nicht am Schlüsselbund, den hab ich. Und Geld auch. Wofür?«
»Das Fest. Und wir sollten auch mal was essen.«
Sie hat recht.
»Zieh dich ja warm an«, sagt sie dann.
Der Typ steht zwanzig Minuten später mit unruhigem Schlüsselbund vor uns.

»Können wir?«, fragt er.
Ich nicke, Ben nickt, Malte nickt. Ja, Malte, oder? Mario? Nein.
Wir steigen ein, ich gleich nach hinten, er schaut traurig in den Rückspiegel.
»Magst du nicht nach vorne kommen?«
»Nein«, sag ich.
Er macht Geräusche. Ich sage, dass Ben immer nach vorne muss, weil er so unsäglich lange Beine hat. Und dass mir vorne schlecht wird.
»Echt?«, fragt er mit Augenzwinkern.
»Nein, ist gelogen, ich will nicht vorne sitzen«, sag ich.
Damit kann er nicht. Dazu fällt ihm nichts ein. Also macht er den Wagen an und fährt los.
Nebenbei schaut er auf sein Handy und tippt und wischt einhändig darauf rum. Dann kommt Musik und ich denke aha.
Ich schaue aus dem Fenster und merke, dass er immer wieder in den Rückspiegel guckt.
Dass er auf eine Reaktion wartet, weil er Musik angemacht hat.
Ben sagt etwas, was den verwirrt, er sagt: »WAS?«, und macht die Musik leiser.
Draußen wird es Frühling.
Da kommt Grün durch, frisch, die Erde ist so braun und bröckelig, wie frischer Schokokuchen sieht das aus.
»Zu mir«, sagt Malte oder Mario. Oder Mathias? Nein, kürzer.
Ben sagt etwas, das nach Frage klingt.
»Ihr wollt doch ein Ladekabel, oder? Dann könnt ihr auch gleich laden.«

Ich drücke meine Knie in den Beifahrersitz. Schiebe Ben nach vorne, so gut ich kann. Brüderchen greift mit der einen Hand nach hinten, du kriegst mich nicht.
Da kommen Häuser.
Malte. Micha, ja, Micha klingt richtig, Micha, oder Michi?
Fährt schnell. In den Kurven quietscht es.
Ich sehe, wie Ben sich festhält. Der fährt besser. Das sollte ich ihm sagen: Ben, du bist ein guter Autofahrer, besser als der hier.
Und der fährt bestimmt schon seit … den Neunzigern.
Ich hab keine Ahnung.
Dann mit Schwung in eine Einfahrt vor einem Haus, »Mit eigenem Parkplatz«, sagt er in den Rückspiegel, und ich frag mich, warum das so toll ist, wenn die ganze Straße doch voll ist mit Parkplätzen.
Ich hab nicht aufgepasst, ich weiß nicht, wo wir sind.
Wir steigen aus, ich nehme Ben am Ärmel, halt ihn fest, zieh ihn zu mir runter, ins Ohr: »Weißt du, wo wir hier sind?«
»Na bei dem da«, sagt er, sieh an, der hat sich den Namen auch nicht gemerkt. Ha.
Derda macht auf jeden Fall die Haustür auf und hat eine Wohnung oben, unterm Dach, sagt er, und dass wir jetzt ein bisschen Treppen steigen müssen. Die zwei Stockwerke. Das nennt der oben.
Dann sind wir da und alle Wände sind schräg, er macht gleicht Musik an, und wir stehen da wie bestellt und nicht abgeholt.
Der Geruch.
Es stinkt ja nicht. Es ist dieser eine Weichspülergeruch, den ich nicht ertrage. So ein süßer.

Hier riecht alles danach.
Derda ist verschwunden, ruft dann, und wir laufen der Stimme nach ins eine Zimmer, das ist ein Wohnzimmer. Da hängt er vor einer offenen Schublade und kramt.
Er zieht dann ein Ladekabel raus, das hängt fest und hat sich mit anderen Kabeln zusammengetan. Orgie.
Irgendwann hat er es entwirrt und steht vor uns und hält uns das Kabel hin.
Ben stöpselt es in sein Handy, ein Glück, der Normierung sei ein Trulala.
Ben schaut sich nach einer Steckdose um, fragt kurz, ob das okay ist, und Derda sagt gleich »ja klar« und fragt dann mich: »Kaffee? Bier?«
»Nein danke«, weil ich weder auf das eine noch auf das andere Lust habe, dann merk ich, dass das unfreundlich ist, dass er freundlich ist, dass er uns mitnimmt, uns Strom gibt, und mir jetzt auch noch Getränke anbietet, und zwar eine Auswahl, also sage ich, dass Wasser gut wäre.
»Nur Wasser? Sicher?«
Ich nicke und er nennt mich genügsam, dann lacht er, als sei das ein Witz.
Ich schaue zu Ben, der da steht und das Handy anstarrt, darauf wartet, dass es zum Leben erwacht.
Dann wird das Display hell und Bens Miene auch.
Er schaut mich an.
»Auferstehung!«, sagt er.
Es lässt sich nicht leugnen. Hey, Ostern!
Er gibt seinen Code ein und dann piept es und will gar nicht mehr aufhören, dazu brummt es auch jedes Mal. Piepen und Brummen.
Da zieht er wieder die Augenbrauen zusammen wie Wolken

und ich sage: »Hey, lass mich dann die Eltern anrufen, ja? Ich erklär denen das.«
»Was?«
»Irgendwas. Ich denk mir was aus.«
Und er weiß, dass ich das kann.
Er nickt. Und ich sage, dass uns Getränke angeboten wurden, und mache aus mir mal schnell Plural, er bekommt bestimmt auch Kaffee oder Bier oder ein abwegiges Wasser.
Es piept noch einmal.
»Alles die Eltern?«, frag ich.
Er sagt, dass Kaffee gut ist. Und vielleicht auch Bier.
Und vielleicht beides mit Wasser.
Dann schiebt er mich woanders hin und da ist dann eine Küche.
Derda macht uns Kaffee und sich selbst ein Bier auf.
Dann schaut er mich an und geht zu einem Küchenschrank, holt ein Glas raus, geht an den Wasserhahn, und dann bekomme ich mein Wasser.
»Bitte sehr, die Dame«, sagt er.
»Danke«, sag ich.
Ben schaut sich die Kaffeemaschine an. Eine mit Filter.
Ben, wir sind einfach in ein Zeitloch gefallen. Woanders haben sie Kaffeepressen und Espressomaschinen, haben sie Kaffeeautomaten, die Wasser erhitzen und das Pulver frisch mahlen und Milch aufschäumen. Derda hat eine Kaffeemaschine. Mit Papierfilter.
Der hat bestimmt noch mit D-Mark dafür bezahlt.
Es brodelt und Ben schaut.
Das kennt der gar nicht, glaub ich. Was weiß ich.
»Köstliches Wasser«, sag ich, damit ich was sage, und Derda grinst mich an und zwinkert schon wieder.

Ich schau mich um, ob hier irgendwas mit seinem Namen hängt. Oder liegt. Post. Abzeichen. Diplome. Meisterbriefe. Liebesbriefe.
Sehe einen Brief, da aber nur »Herr M. Schmid«.
Ich kann ihn doch nicht Herr Schmid nennen.
»So!«, sagt Ben und ich: »Ich ruf mal eben die Eltern an.«
»Warte«, sagt Ben und drängelt sich an mir vorbei zum Handy, das angeleint im Wohnzimmer liegt.
Er gibt wieder den Code ein und macht irgendwas, ich frage ihn, ob's Nacktbilder sind, dreckige Nachrichten, Limericks.
»Du bist ja heute in Hochform«, sagt Ben und schaut mich dabei nicht an.
Er gibt mir das Handy, und ich sehe, dass ich schon im Begriff bin, die Eltern anzurufen.
»Und bitte«, sagt Ben.
Dann starrt er mich an.
Es wird abgehoben, Mutter fragt nach Sohn.
»Nee, ich bin's«, sag ich.
»Mensch Anni, ich versuch die ganze Zeit dich anzurufen, was ist denn los?«
»Ich hab das Handy zu Hause liegen.«
»Wo bist du denn jetzt?«, fragt sie.
Luft holen, sagen: bei Opa, also da im Ort, da in der Nähe. Und dann am besten gar nicht zu Wort kommen lassen. Mit Mutter geht das. Die kann man bequatschen. Sagen, ja, das war so eine Schnapsidee, und bevor sie fragen kann, sag ich, dass es meine war, dass ich dann aber vor lauter tollen Ideen den Schlüssel eben, das wollte Ben eigentlich schon sagen, aber dann …
Und plötzlich hab ich Vater am Telefon. Fliegender Wechsel, nicht angekündigt.

»Anni«, sagt er.
Ich stelle auf laut.
»Hallo Papa.«
»Wieso seid ihr auf dem Hof?«
Hof. Das klingt immer nach richtigem Bauernhof, nach Gestüt, nach Anwesen.
»Ich wollte mir das noch mal anschauen, bevor ihr das alles verkauft.«
Da ist er still.
»Wusste ich ja gar nicht.«
»Aha«, sagt Vater.
»Wolltest du mir das nicht sagen, oder was?«
»Ich weiß beim besten Willen nicht, was du mit der Entscheidung, den Hof zu verkaufen, zu tun hast. Das ist nun wirklich nicht deine Angelegenheit«, und nun geh schön wieder an den Katzentisch zurück.
»Ich gehöre doch auch zur Familie«, sag ich.
»Was ist jetzt los, warum seid ihr noch da oben?«
Mutters Stimme leise hinter ihm, eindringlich. Das hat sie ihm doch schon erklärt. Oder Ben.
»Was, das mit dem Schlüssel? Hat Ben gelogen?«
»Ja, aber nur, damit ihr nicht sauer auf mich seid.«
»Was soll das denn jetzt?«
»Na weil es doch meine Schuld war mit dem Schlüssel.«
Die Eltern unterhalten sich.
Bens Blick, er hat einen Finger im Nasenloch.
»Ich versteh nur Bahnhof. Katrin, jetzt sei doch mal kurz ruhig! Was ist jetzt los?!«, fragt Vater laut.
»Wir sitzen hier und haben keinen Schlüssel und kommen nicht mehr nach Hause, wenigstens nicht mit dem Auto. Und den Haustürschlüssel haben wir auch nicht.«

»Habt ihr Geld?«, fragt Vater, und Mutter fragt, ob wir zu essen haben.
»Ja und ja.«
»Da fährt man einmal in Urlaub! Ein Glück sind wir nicht in der Karibik! Und ich sag noch, besser, wir bleiben in Deutschland!«
»Ist Ben da?«, fragt Mutter und Ben winkt mit beiden Händen vehement ab.
»Nee, gerade nicht.«
»Anni, das war doch nicht deine Idee«, sagt Vater plötzlich ruhiger.
Ich starre aufs Handy.
»Sondern?«, frag ich.
»Das riecht doch schon wieder arg nach einer Aktion deines Bruders. So was denkst du dir doch nicht aus.«
Jovialer Ton.
»Tut mir leid, dass ich dich enttäuschen muss, aber das war leider ganz und gar meine Idee.«
»Jaja«, sagt Vater.
Ben dreht sich um und geht zum Fenster, schaut raus und nimmt den Finger aus der Nase, steckt ihn in den Mund.
»Also, was ist jetzt? Wie machen wir das? Wir können ja schlecht den Wagen hier stehen lassen.«
Vater redet mit Mutter, hü und hott, nein, ich hab dir gleich gesagt, das sollen die, das Geld, was man dafür, nicht ein Mal, von wegen erwachsen, »Ihr bleibt da. Wir holen den Schlüssel von zu Hause und dann …«, Mutter sagt was, »Natürlich nicht heute Abend. Die haben bis jetzt doch auch … wie lang seid ihr denn eigentlich schon da?«
»Seit gestern.«
»Dann können die auch noch … Nein, Katrin, das ist mir

jetzt egal, die sind beide erwachsen, auch unser Sohn, die sollen endlich mal lernen, was das heißt, Verantwortung zu übernehmen. Nicht ein Mal kann man wegfahren. Und Ben! Wenn du zuhörst, ich weiß ganz genau, auf wessen Mist das gewachsen ist! Anni, ich melde mich morgen, aber heute kommen wir bestimmt nicht mehr!«
»Okay«, sag ich.
Mutter nimmt das Handy, sagt: »Euch geht es gut, ja?«
»Ja, Mama, alles in Ordnung. Ben hat sich nur Sorgen gemacht. Kann ich auch verstehen. Tut mir echt leid, dass ihr jetzt den Urlaub abbrechen müsst.«
»Ach was, Montag hätten wir ja eh wieder fahren müssen, ist ja nur ein Tag.«
»Gut, Mama. Dann reden wir morgen.«
»Ja, bis morgen. Und gib Ben einen Kuss von mir.«
»Bestimmt nicht.«
»Ach ihr«, sagt sie und Tschüs.
Ben steht da, seine Schultern, dreht sich um zu mir und zerrt die Mundwinkel nach oben.
»Gut. Dann wäre das ja geregelt«, sagt er und stracks in die Küche, da fragt er nach Kaffee. Dann redet er über Kaffee und Kolumbien und Matetee und was weiß ich.
Ich frage mich, was Derda Schmid mitbekommen hat. Ob den das überhaupt interessiert.
»Alles gut?«, fragt der mich, während Ben weiterredet.
»Top«, sag ich.
»Kaffee, Bier?«, fragt er.
»Nein danke«, sag ich.
»Aber ich würd ein Bier nehmen«, sagt Ben. Derda hebt die Augenbrauen, geht zum Kühlschrank und holt ihm eins raus, das drückt er Ben in die Hand.

Der nimmt einen Löffel vom Tisch und hebelt den Kronkorken damit ab, trinkt, wischt sich danach über den Mund und sagt: »Das zischt.«
Und schaut mich nicht mehr an.

»Mehr Bier hab ich nicht«, sagt Derda, es ist jetzt dunkel, und Ben schaut auf die leere Flasche, die vor ihm steht.
»Aber ist jetzt eh Zeit fürs Feuer«, sagt Derda und guckt mich an. Das Handy ist aufgeladen und der hat uns das Kabel in eine Tüte gesteckt. »Ich brauch das eh nicht mehr.«
»Ja, spitze.«
Zu Ben: »Wir sollten auch mal was essen, ich hab echt Hunger inzwischen.«
»Aber hättest doch was gesagt, ich hätte dir ja was kochen können«, sagt Derda und schaut mich kuhäugig an.
»Ach was, man muss Gastfreundschaft ja auch nicht überstrapazieren«, sag ich, »nicht, Ben?«
Der antwortet nicht.
»Für dich hätt ich das getan«, sagt Derda.
»Gut, dann können wir ja los«, sag ich und schubse Ben an, bis der aufsteht und die Bierflasche loslässt.
Wir gehen aus der Wohnung und dann sehe ich den Namen, MATTES, steht draußen an der Tür, MATTES SCHMID. Ich schubse Ben an und deute auf das Schild.
Mattes missversteht das und sagt: »Ja, ich weiß, hat meine Oma gemacht, als ich ausgezogen bin. Aus Fimo. Die lebt im Altersheim.«
»Aha. Niedlich.«
»Ja, nicht schön, aber selten«, sagt er.
Ich hüpfe die Treppe runter, er mir auf den Fersen, irgendwo dahinter Ben. »Ben, kommst du?«

»Und hast du noch Großeltern?«, fragt Mattes.

»Nö.«

»Das ist ja schade.«

»Geht so. Wie weit ist das denn jetzt weg?«

»Ach, is schon ein bisschen zu laufen, aber ich mag da nicht hinfahren, da bekomm ich bestimmt keinen Parkplatz. Wir müssen dann nachher wieder herlaufen, aber ist ja nicht schlimm, oder?«

Doch, ist schlimm, will ich sagen, nur um zu schauen, was er daraus macht.

Aber ich schüttel den Kopf.

»Und was machst du so? Beruflich?«, fragt er.

Ben drängelt sich zwischen uns: »Ja, Anni, was machst du eigentlich beruflich?«

Ben muss echt was essen. Viel Brot vor allem. Und dann ab ins Bett.

»Nein, Mattes, was machst DU eigentlich beruflich? Anni macht ja nix, die studiert ja noch«, sagt Ben und legt Mattes einen Arm um die Schulter. »Erzähl doch mal!«

»Ich bin bei der Stadt angestellt«, sagt Mattes und sagt zu mir, an Ben vorbei: »Was studierst du denn?«

Da fragt Ben aber schon: »Wie, bei der Stadt angestellt, als was denn?«

Und dreht sich zu mir und sagt: »Welche Stadt denn eigentlich?«

Und lacht.

Lass das, Ben.

Ich bleib stehen und sage: »Vielleicht sollten wir doch wieder zurück.«

»Wie, zurück?«, fragt Mattes.

»Zum Hof«, sag ich.

»Ach komm, das wird bestimmt nett. Und Essen gibt es da auch.«
Er reibt sich den Bauch und Ben stimmt ein: »Anni, na komm, lecker essen! Nom nom nom!«
Er macht Mattes nach, er übertreibt es, er leckt sich über die Lippen und lacht dann wieder.
Mattes lacht halb mit.
Die sind alle viel zu nett hier. Zu lieb.
Ich lächle Mattes zu und nehme Ben fest am Arm. Als Mattes weiterläuft, bleib ich mit Ben stehen: »Ey, reiß dich zusammen, wie betrunken bist du denn?«
»Gar nich«, sagt Brüderchen und hat rote Augen und schmollt.
»Kommt ihr?«, von Mattes.
»Aber sicher doch!«, von Ben.
Es ist nur ein paar Ecken weiter, da stehen Menschen auf einem Platz, die freiwillige Feuerwehr gleich dabei, damit auch ja nix passiert, dann ein Stand mit Getränken, den steuert Ben an. Ich renne ihm hinterher, Mattes kriegt das gar nicht mit, weil der von den Einheimischen begrüßt wird, besser ist das.
Ben bestellt schon Bier und Schnaps. Der hatte doch gesagt, dass er nicht mehr trinkt. Oder hat Ben je getrunken? Hat er? Ich glaub, ich hab den noch nie trinken sehen. Oder ihn betrunken erlebt.
Er kippt den Schnaps, und ich frage, ob die auch was zu essen haben. Nur Schmalzbrote. Nichts sonst?
Mir wird der Weg zu den anderen zwei Ständen gewiesen, einer von den Strickfrauen, die haben Kuchen gebacken, und dann noch der Imbiss. Da gibt's Wurst und Pommes. Danke.

Ich zerre Ben zum Imbiss und bestelle zwei große Portionen Pommes, weil er vielleicht immer noch Vegetarier ist, wenn auch nicht Antialkoholiker.
»Oh, ich hab dir gar kein Bier gekauft«, sagt Ben.
»Nein, aber du kaufst mir jetzt Pommes, das ist doch auch was«, sag ich, er bezahlt und ich nehme die Schälchen entgegen und steuere einen Tisch an, da sitzen schon Leute, die uns komisch anschauen, aber das ist jetzt einfach mal so. Ben schubse ich irgendwie vor mir her, dabei hab ich keine Hand frei.
»Setz dich«, sag ich. »Iss was«, sag ich, schieb ihm die Pommes hin, »los jetzt.«
Er äfft mich nach, aber die Pommes riechen wohl doch zu gut, außerdem mag der immer noch Ketchup, also kann er das nicht einfach da so stehen lassen, also muss er essen. Dann schieb ich ihm noch meine Portion hin, weil seine sehr schnell leer ist.
Und vielleicht können wir jetzt einen netten Abend haben.
Mattes steht plötzlich neben uns und sagt zu mir, dass ich mal rutschen soll.
Ben kaut und schaut ihn an.
»Und? Gefällt's euch?«, fragt Mattes.
Ben mit Kartoffelmatsch zwischen den Zähnen grinst und kaut und hebt einen Daumen. »Spitze hier!«
Die am Tisch beobachten uns. Mattes nickt denen zu. Prost. Hat ein Bier in der Hand.
Wollte der uns nicht noch fahren?, frag ich ihn, sagt er, dass er nach einem Bier noch fahren kann, nach zweien auch. Hätte er schon ein paarmal getestet. Und so viel Blut, wie er hätte, würde man das auch gar nicht merken.
»Wieso hast du denn so viel Blut?«, fragt Ben.

»Weil ich immer ordentlich viel Fleisch esse«, sagt Mattes.
»Das eine hat doch mit dem anderen nichts zu tun«, sagt Ben.
Ich schubse ihn unterm Tisch an. Er ignoriert mich.
»Eisen ist wichtig für die Blutbildung. Das kriegst du mit Salat einfach nicht so hin wie mit Fleisch«, sagt Mattes.
Bitte nicht.
Ben setzt an und ich sage: »Hui, schaut mal, ich glaub, da passiert was«, und schau, die Burschen gehorchen, schauen beide in die Richtung, in die ich zeige. »Wo?«, fragt Ben.
»Na da, beim Feuer.«
»Da passiert nichts«, sagt Mattes.
»Wie?«, frag ich.
»Was soll denn da passieren?«
»Ich dachte, das ist hier ein Fest«, ich schau ihn an und Ben hat seinen Vortrag über Eisengehalt in roten Früchten und Rote Bete schon vergessen.
»Na ja, Fest. Hab ich vielleicht ein bisschen übertrieben. Feuer und Bier. Mehr nicht.«
»Keine Musik?«, frag ich.
Er schüttelt den Kopf. »Ist doch Tanzverbot«, sagt er.
»Aber man kann doch auch Musik hören, ohne zu tanzen?«
Er zuckt mit den Schultern.
»Das ist, damit nicht jeder unbeaufsichtigt auf seinem Acker ein Feuer macht. Weil die da alle sonst was verbrannt haben.«
»Akten?«, fragt Ben.
»Was?«, fragt Mattes.
»Geheime Unterlagen«, sagt Ben und nickt.
»Was denn für geheime Unterlagen? Nee, Müll, Reifen und so.«

»Ah«, sagt Ben enttäuscht und stochert in meinen Pommes rum.
»Ein paar haben das eben auch auf fremdem Land gemacht und im Wald und so.«
»Aha«, sag ich.
»Und damit das aufhört, deswegen gibt es jetzt EIN Feuer, und zwar hier, und sonst keine mehr.«
Ben kichert plötzlich, beugt sich zu mir rüber und sagt: »So hat sich das Prometheus bestimmt nicht gedacht.«
Und lacht.
Ich tätschle seinen Kopf. »Fein, Bengelina, schau, wie schön so eine humanistische Bildung sein kann!«
Ben hört auf zu lachen und schmeißt seine Bierflasche auf den Boden.
Einer springt auf und schreit: »EY!«
»Oh, hoppla«, sagt Ben, »ist mir wohl aus der Hand gerutscht.«
»Die hat der doch geworfen, das hab ich doch gesehen!«, sagt der.
Ben macht Pff, was der andere nicht gut findet.
»Freundchen, ich glaub, du hast schon zu viel getrunken!«
Mattes steht auf und macht beschwichtigende Gesten.
»Ist doch wahr«, sagt der andere, und Ben schaut hoch zu Mattes, wie der da mit den Händen rumwedelt, weil wir doch alle nur da sind, um Spaß zu haben. Wir sollen uns alle vertragen. Und bitte schön miteinander spielen.
Dann geht alles sehr schnell.
Was ich weiß: Ben hat niemanden geschlagen. Ben hat niemanden verletzt.
Was ich glaube: Ein Tisch ist umgefallen.
Einer hat eine nasse Hose bekommen.

Ben hat gelacht und da waren plötzlich überall Scherben – und ich glaub nicht mal, dass er das mit dem Tisch war, und ich glaub nicht mal, dass irgendwas aus Absicht oder so passiert ist, aber Ben hat zu laut gelacht.
Dann war da ein großes Durcheinander und Gebrüll, und Tatsache ist, dass Mattes plötzlich meinen Bruder geschlagen hat. Dass mein Bruder sich den Kopf gehalten hat. Und zur Seite gekippt ist.
Mattes steht da und sagt nicht, dass es ein Versehen war, das hätte ich ja fast geglaubt, weil es eben ein großes Durcheinander war, nein, er schaut mich an und sagt, dass mein Bruder ja vollkommen außer Kontrolle ist und man den schnellstmöglich nach Hause bringen sollte, »sonst vergess ich mich«, und ich sage: »Das hast du doch schon, du Penner!«, und trete ihn da hin, wo's wehtut, und zwar fest.
Dann greif ich mir Ben und zerre ihn vom Festplatz, der sonst wohl ein Marktplatz ist, der vielleicht nicht mal das ist.
Weg hier.
In irgendeine Richtung, wo keine Menschen mehr sind.
Ben hält sich den Kopf und sagt »au au au au«, den ganzen Weg lang.
Als wir fast draußen sind aus dem Ort, als wir unter einer Laterne stehen, da nehm ich seinen Kopf in meine Hände, sage: »Scht, Ben, schau mich an, hör mir zu.«
»Au«, sagt Ben und ist dann still.
Sein Auge schwillt an. Was ist da nur passiert?
»Ist dir schwindlig?«, frag ich ihn.
Er schüttelt ganz leicht den Kopf.
»Ist dir schlecht?«
»Auch nicht.«

»Kannst du laufen?«
Er nickt.
»Gib mir mal das Handy«, sag ich. Er zieht es aus der Tasche, entsperrt es, dann mach ich das Navi auf und schaue, wie wir wieder zum Hof kommen.
3,7 km Fußweg.
Das ist eigentlich nicht so weit. Wenn man den Weg kennt. Wenn es Tag ist. Wenn man nicht friert.
»Komm«, sag ich.
Ich schaue auf das Handy, als sei es eine Wünschelrute, als sei es ein Radar, ein … mir fällt nichts ein. Ich suche den Weg und Ben tapert hinter mir her.
»Da lang«, sag ich. Da ist es dunkel. Ab da nur noch Leitplanken, ab da nur noch Licht, wenn Reflektoren angestrahlt werden.
Ich denke an den Mond. Der ist auch ein Reflektor.
»Ben?«, frag ich.
»Ja«, sagt er.
Das Handy sagt, dass wir jetzt einfach zwei Kilometer und noch ein paar Meter geradeaus laufen müssen. Einen Feldweg entlang, der neben der Bundesstraße langgeht. Ich schau auf den Akku. Überlege, ob ich Musik laufen lassen soll. Ob das das Handy aushält. Besser nicht.
»Ben?«, frag ich.
»Ja«, sagt er.
Und will fragen, was das war. Was eigentlich passiert ist. Und erstens: warum er getrunken hat, und dann gleich so schnell und viel, und zweitens, ob er immer so arrogant und arschig wird, wenn er getrunken hat, ob er deshalb nicht trinkt. Ob ich auch so bin, wenn ich getrunken habe (drittens). Aber ich hab noch nie eine Schlägerei ange-

fangen. Ich bin noch nie geschlagen worden oder habe …
ich hab den in die Eier getreten, denk ich.
Der hat das aber auch verdient.
»Ben?«, frag ich.
»Ja«, sagt er.
Dass ich kurz davor bin zu sagen: »Immer machst du Ärger«, ich mach schon den Mund auf und dann plötzlich bin ich Vater.
Also nichts.
»Ben?«, frag ich und greif nach hinten, und er sagt »Ja«, da schau ich mich um, über die Schulter, bis er hochguckt und meine Hand sieht. Sie nimmt.
»Singst du mir was vor?«, fragt er.
»Was willst du denn hören?«
»Die Hits der 80er und 90er und das Beste von heute«, sagt er.
»Das Leben ist kein Wunschkonzert.«
»Nein, sondern ein schlechter Radiosender.«
Er lacht nicht.
Sonst lacht er da immer.
Ihn fragen: Was ist los.
Wie ist dir denn.
War das wegen Papa? Weil er die Sachen gesagt hat am Telefon? Aber der ist doch immer so, das weißt du doch. Der ändert sich halt auch nicht mehr. Den muss man so nehmen, wie er ist.
Oder was ist?
»Du singst gar nicht«, sagt Ben.
»Mir fällt nichts ein«, sag ich.
»Tote Musiker«, schlägt er vor.
Prince, Bowie, Lennon, Mercury. Cobain.

»Hilf mir«, sag ich und kneif ihn in die Hand.
»Hilf dir selbst, dann hilft dir Gott.«
Als würde er das irgendwo ablesen, aber hier ist alles dunkel und kein Mond, wo ist der denn, vor zwei Tagen war doch noch so was wie Vollmond, das kann doch nicht sein.
»Lieder über den Mond«, sag ich.
Was nämlich keiner weiß: Mein Bruder hat eine wunderschöne Stimme und denkt, er könne nicht singen.
Und er tut das auch nicht, wenn ich sage, er soll für mich singen. Also sag ich nicht: »Sing du doch.«
Ich sage:
»Ben?«, und er sagt: »Ja.«
Und bald sind wir da, nur noch ein bisschen laufen, so lang ist das gar nicht, die paar Kilometer, so weit ist das gar nicht, wenn man auf dem Weg nach Hause ist, wenn man nicht allein ist.
Und alles ist dunkel, kein Mond spiegelt sich im Mausmeer, schnell ins Bett, sag ich, schnell, und noch schneller schlafen.
Gute Nacht.

Ostersonntag

Meine Schwester macht die Tür auf, schaut mich an und fragt, ob ich Tee will.
Urbi et orbi, denk ich.
Mein Kopf tut weh, mein Alles tut weh, mein Leben tut mir weh, dabei hab ich gar nicht so viel getrunken. Meine Jugend tut mir weh. Meine Zuversicht.
Die ist angeknackst, die ist geprellt, die ist verstaucht, infiziert.
Ich will ein ernstes Wort mit Peter Pan reden. Ich will, dass er sich meiner annimmt. Ich will, dass es eine Karriere ist, sich einer Bande verlorener Jungen anzuschließen.
Ich will nach Hause und will nicht nach Hause. Ich will verschwinden.
Ich will nie erwachsen werden.
Ich will in einem Bett sein, das ich nie verlassen muss.
Ich will ein Bett, in dem man immer Auszeit hat. Wo keine Fragen gestellt werden. Auch nicht: Wann stehst du auf. Auch nicht: Bist du wach. Auch nicht: *Was hast du nur vor.*
Vielleicht: Willst du Tee?
Urbi et orbi.
Es ist Ostern.
»Kräutertee«, sagt meine Schwester.
Es ist elf Uhr.

Sie stellt mir die Tasse auf das Nachtschränkchen neben dem Bett.
Schaut auf mich herab.
Ich will mich für immer zur Wand drehen, die ist weiß verputzt, pockig und kalt. Ich will meine Hand dahin halten, an die Wand, eine flache Hand an die flache Wand, wenn ich was anderes fühlen will als warmes Bett, wenn ich was anderes fühlen will als alles andere, Leben etc.
Wie stellst du dir deine Zukunft vor? Dieses Bett an dieser Wand.
Und ewig kurz nach elf.
Meine Schwester setzt sich auf den Bettrand, auf meinen Bettrand, ich merke ihre Körperwärme und rutsche näher zur Wand.
Sie sagt nichts.
»Glaubst du, wenn die Eltern noch ein Kind bekommen hätten, dann wäre das der C-Wurf gewesen?«, frage ich.
»Wie bei Hunden?«
Ich nicke.
Sie sagt: »Clemens. Claudia. Charlotte. Carsten. Christian.«
»Frohe Ostern«, sag ich.
Oh Gott, die Angler, denke ich und setze mich auf.
Mein Kopf.
»Die Angler«, sag ich.
»Sind da. Angeln. Fangen nichts. Jedenfalls hab ich keine Jubelschreie gehört.«
Ich schau sie an, sie schüttelt den Kopf, und dann, um das klarzustellen, sagt sie: »Nein, der ist nicht mehr gekommen. Das wagt der nicht«, und sie ballt eine Faust und haut sie in die andere Hand.
Ich lege mich wieder hin, mir entfährt ein Geräusch, man

könnte meinen, ich winsle, man könnte meinen, es geht mir nicht gut.
Sie meint das und legt mir eine Hand auf den Rücken.
»Tut's weh?«, fragt sie.
Mache ein anderes Geräusch.
»Wo tut's denn weh«, fragt sie.
Überall.
Im Nahen Osten. In der Wirtschaft. Zwischen den Geschlechtern. Am Arbeitsmarkt. Afrika.
Die Liste ist lang.
Ich mache keine Witze, ich mache keine Sprüche.
Ich liege hier nur.
Sie fragt, ob es der Kopf ist, ob mir schlecht ist, ob sie mir ein Brot schmieren soll.
Ich denke an die Eltern.
Das Bett.
Ich will, dass meine Schwester vor meinem Bett stehen bleibt wie die Schweizer Garde vorm Vatikan. Oder wie diese Jungs mit den Fellmützen vorm Buckingham Palace. Die haben bestimmt auch einen Namen. Ich muss das nachschlagen. Ich hab mein Handy nicht hier, wo ist mein Handy. »Wo ist mein Handy?«, frag ich sie.
»Küche.«
Die Küche liegt außerhalb des Bettes. Alles, was außerhalb des Bettes liegt, ist feindliches Gebiet.
Da draußen ist die Welt.
»Na komm«, sagt Anni.
Ich will nicht. Frag mich, was ich nicht will, und ich sage: das alles.
Frag mich nicht, was ich will.
»Vielleicht eine Schmerztablette?«, fragt sie.

»Nein.«
Aspirin gegen Weltschmerz.
»Die Eltern haben noch nicht angerufen«, sagt sie.
Das ist komisch.
Ich setze mich wieder auf und starre sie an.
Anni zuckt mit den Schultern. »Weiß nicht«, sagt sie, »isso.«
Ich schaue wieder auf meine Uhr, es ist jetzt fast Viertel nach elf, die Uhr steht also nicht. Die Eltern haben inzwischen gefrühstückt, mindestens, die sind wahrscheinlich schon kurz vorm Mittagessen.
»Gar nichts?«
Wieder Kopfschütteln und »Nö, nix«.
Dann schnauft sie und zieht mich an den Armen hoch, ich nasser Sack, ich Häuflein Elend.
Das Leiden Christi.
»Urbi et orbi«, sagt meine Schwester.
»Ja?«, frag ich.
»Ich hab den richtigen Sender gefunden«, sagt sie.
»Dafür musst du aber aufstehen. Und in die Küche kommen. Bald geht's los.«

Wir sind gar keine Christen.
Der Vater war mal Protestant und sagt heute, wenn man ihn nach seiner Religion fragt, dass er gemäßigter Kapitalist sei. Dann lacht er, dabei ist das kein Witz.
Die Mutter bekreuzigt sich, wenn sie schlimme Nachrichten hört.
Wir Kinder sind gar nichts.
Aber Urbi et orbi.
Irgendwann kam Anni damit an, da konnte ich das noch gar nicht verstehen.

Sagte, dass das der Generalablass ist. Frühjahrsputz. Tabula rasa. Einmal das Sündenkonto auf null stellen.

Es ist so wie mit dem Aberglauben. Man glaubt nicht dran, aber man macht doch mit, nur für den Fall. Also wird das Salz über die Schulter geworfen, wenn man es verschüttet hat, also läuft man unter keiner Leiter her. Und all die Sachen.

Also hört man einmal im Jahr ein Gebet auf Latein an.

Entweder im Radio.

Oder im Fernsehen.

Oder im Internet.

Alle, die das sehen und oder hören, sind reingewaschen von den Sünden.

Alle, die guten Willens sind.

Anni hat auch nur den Wikipedia-Artikel gelesen. Aber es hat ihr gefallen.

»Bist du guten Willens?«, fragt sie mich.

Ich zucke mit den Schultern. Sie sagt, dass ich noch eine halbe Stunde Zeit habe, guten Willens zu werden.

Also gehe ich erst mal ins Bad und mache Tabula rasa mit meiner Blase, und dann putze ich mir die Zähne und hau mir kaltes Wasser ins Gesicht. Es brennt.

Dann schau ich in den Spiegel und sehe mein Auge.

Das ist blau. Die Augenbraue ist aufgeplatzt.

Was?

Da war

Ein Tisch, der umgefallen ist.

Was noch?

Ich will ins Bett zurück. Für immer.

Als ich aus dem Bad trete, schaut Schwester in den Flur, sagt: »Na los, Frühstück.«

Alles tut weh.
Ich will, dass
Mir fällt nichts ein.
Also gehe ich in die Küche, setze mich an den Tisch, nur kurz der Blick nach draußen, da die sieben Zwerge, schöne Rücken können auch entzücken.
Nein.
»Gestern. Heute Nacht«, fang ich an.
»First rule of fight club«, sagt sie.
Und ich nicke.
Sie fragt, ob ich ein Pflaster brauche oder so.
Man legt da doch was Kaltes drauf. Aber dafür ist es wohl zu spät.
Sie pfeift ein Lied. Dann wird sie vom Radio unterbrochen, weil das was anderes spielt.
Klassisches.
Sie hat den Tisch gedeckt und holt mir meine Tasse aus dem Kinderzimmer, stellt sie vor mir ab. Hat die Teekanne auf ein Stövchen gestellt, hat Eier gekocht, die in ein Handtuch gewickelt.
Erklärt mir den Frühstückstisch. Und bitte.
Optionsparalyse.
»Oder willst du über letzte Nacht reden?«, fragt sie plötzlich.
Ich sag nichts.
»Oder willst du über was anderes reden?«
Ich schaue sie nicht an, lasse die Augen über den Frühstückstisch wandern, all die Gaben, gleich ist es zwölf, dann still, dann Ehrfurcht.
Und guter Wille.
Ich will.
Ich will ein Brot. Also schmiere ich mir eins, während der

Moderator sagt, dass man jetzt live aus dem Vatikan berichtet, und beschreibt, was wir nicht sehen, wie viele Menschen dastehen, wie das Wetter ist.
Und dann die andere Stimme.
Ich beiße in mein Brot, ich verstehe ja eh kein Latein, ich bin ja auf einem neusprachlichen Gymnasium.
Ich sitze und schaue nur auf den Tisch, der Papst betet für uns, für alle, die ihn sehen und hören und guten Willens sind, in der Stadt wie auf dem Land, betet für uns, dass wir reingewaschen werden von allen Sünden, ich kaue mein Brot und ziehe die Teetasse zu mir, und die ganze Zeit sitzt meine Schwester neben mir, die Unterarme auf dem Tisch verschränkt, und beobachtet mich, sagt aber kein Wort.
Wie wir uns damals nie aus dem Weg gehen konnten. Dass man den anderen immer gesehen hat, immer gehört hat.
Dass man nie mal mit den Eltern was allein unternehmen konnte. Immer war da ich oder sie mit dabei.
Sei doch froh, sagt Mia, die ist Einzelkind.
Da ist jemand. Der ist dir so nah wie niemand sonst.
Sei doch froh, was glaubst du, wie das war als Kind.
Und wir immer: dass der Altersunterschied zu groß sei.
Sie war die Erste, die das mal gesagt hat. Mir war das egal.
Wenn sie mal Kinder kriegt, hat sie gesagt, dann schnell hintereinander.
Damit die auch was miteinander anfangen können. Miteinander spielen können.
Seitdem immer: So ein großer Altersunterschied sei ja nichts.
Das hat sich verselbstständigt.
Das wurde von einer Behauptung zu einer Aussage. Zu einem Axiom.

Und jetzt sitzt sie da und starrt mich an, als säßen wir in Vaters Wagen auf der Rückbank und vor uns noch drei Stunden Weg auf der Autobahn. Und zwischen uns die Grenze. Mein Tanzbereich, dein Tanzbereich.
Ich schmiere mir noch ein Brot und sie flüstert: »Hey, fühlst du's schon?«
Ich schau sie kurz an und lege den Zeigefinger auf die Lippen.
Er redet, er betet, er, der Papst, und irgendwann ist es vorbei. Das Radio geht weiter im Programm. Weiter Klassik. Weiter Feiertag.
Irgendwas von Bach.
Anni seufzt laut.
»Ich bin so befreit! So rein! Kein Wässerchen kann ich trüben!«
»Versau's dir bloß nicht«, sag ich.
Sie hebt die Hände zu den Schläfen, macht Teufelshörner aus ihren Fingern, die winken mir zu.
Ich schaue auf mein Handy.
»Willst du sie anrufen?«, fragt Anni.
Ich esse und sage nichts.
»Oder soll ich?«
Da klingelt das Handy von ganz alleine, VATER, sagt es, und es klingelt anders als bei anderen.
Ich schieb ihr das Handy hin, sie zurück zu mir.
Irgendwann geht sie ran, Lautsprecher, legt das Handy einfach auf den Tisch.
Er sagt nicht mal Hallo, er fragt nicht, wie es uns geht.
Er sagt, er hätte nachgedacht und dass ich ja jetzt erwachsen sei. Dass es reicht und er keine Lust mehr hätte, mir wegen jedem Pup zur Hilfe zu eilen. Dass ich ja wohl ausharren

könne, er und Mutter würden erst noch ihren Urlaub zu Ende bringen. »Und dann«, sagt er.
Und fragt laut: »HÖRST DU MIR ZU?«
»Ja.«
»Den einen Tag werdet ihr wohl überleben. Und danach reden wir ein paar Takte, Sohn«, sagt er.
Da sagt Anni: »Aber was hat er denn gemacht?«
Darauf antwortet der gar nicht. Sagt nur, dass sie morgen nach dem Frühstück losfahren. Dass wir dann bereit sein sollen.
Und wie es ihn ärgert, dass er wegen uns in den Rückreiseverkehr kommt. Wegen dem verdammten Umweg. Ob wir das verstanden hätten.
»Aber«, sagt Anni und er sagt: »Gut, bis morgen. Ich stelle jetzt mein Handy aus, ich will meine Ruhe haben.«
Und legt auf.
Vor mir liegt noch die Scheibe Brot, angebissen. Halbmond aus Zahnabdruck.
Und dann piept es und Mia schreibt eine Nachricht.
Ich ziehe das Handy zu mir, aber Schwester hat schon geschaut, sagt: »Was meint die?«
Und ich schaue nach draußen, vielleicht weil ich was gehört habe.
Und weil ich schaue, guckt Anni auch.
»Der hat sie ja nicht alle«, sagt sie, steht auf, so schnell, dass ihr Stuhl nach hinten kippt, weil Mattes aufgetaucht ist, dasteht und palavert, zu uns zeigt, zum Haus, da, die da, und die Angler schauen, einer kratzt sich am Kopf.
»Na warte«, sagt Anni. Und stapft nach draußen.
Ich weiß nicht, aber ich laufe ihr hinterher, sie ist kaum zur Tür raus, da schreit sie schon, nein, schreit nicht, aber wie

kann man so laut reden, so drohend, so: »DIR STEHT JA WOHL DER ARSCH OFFEN!«
Anni gegen den Rest der Welt.
Wie er sich aufbaut.
So groß ist sie gar nicht.

*

Ich renne also da hin zu dem Kerl, der da steht, als dürfte er das.
Die Arme verschränkt, die Beine so weit auseinander, als hätte er Straußeneier im Schritt hängen.
Die Herren Angler schauen nur hin und her.
»Wenn du nicht gleich verschwindest«, sag ich, und er: »Dann was?«
»Die Polizei ist ja schon da«, sag ich und schaue den Jetzt-Zivilen an.
Der hat gedacht, er könne sich raushalten. Der seufzt und kommt näher. »Was ist denn hier das …«, sagt er.
»Das hier ist mein Land«, sag ich. »Und dass Sie hier angeln dürfen, haben Sie allein dem Wohlwollen von meinem Bruder und mir zu verdanken. Wir hätten Ihnen das gar nicht erlauben müssen.«
»Jetzt mal langsam«, sagt Hermann und ich sag: »Der hat hier nichts zu suchen.«
Er lacht.
Irgendwo weit hinter mir Ben, der größer und stärker ist als ich, aber doch mein kleiner Bruder.
Also sag ich zu Hermann: »Schauen Sie sich mal das Gesicht meines Bruders an. Das war kein Unfall.« Und zeige auf Mattes, sage: »Das ist Körperverletzung.«

Hermann hebt die Hände, sagt, dass man ja friedlich, und ich frage ihn, ob das Gesicht meines Bruders nach friedlicher Auseinandersetzung aussähe.
Und merke, die glauben uns nicht.
Wir sind nur ein Gastspiel.
Die haben schon immer hier geangelt, die haben auch nach Großvaters Tod hier geangelt, die machen das, was sie immer machen. Wir sind denen wurscht.
»Wenn du nicht bald verschwindest, zeig ich dich an. Dann kommt zur Körperverletzung noch Landfriedensbruch dazu.«
Mattes lacht immer noch und schaut Hermann an.
Der schüttelt leicht den Kopf.
»Sie wissen schon, dass mein Vater Anwalt ist, oder?«
Ja, das weiß er. Das hat Großvater erzählt.
Und er schaut zu Mattes, der jetzt nicht mehr lacht, sondern Hermann eine Hand auf den Arm legt, sagt: »Hermann, du lässt dich doch …«
»Wir können auch gleich das ganze Angeln hier abblasen«, sage ich. Wer nicht für mich ist, ist gegen mich.
Ich sage das noch mal lauter, damit es auch ja alle mitbekommen.
Hermann guckt zu Mattes, sagt: »Junge, ist doch gut jetzt.«
Mattes beschimpft mich mit allem, was ihm so zu Frauen einfällt.
»Beleidigung«, sage ich und dass das noch dazukommt, vor allem, weil ich Zeugen habe.
»Mattes, jetzt sei doch vernünftig«, sagt Hermann. Einer hat schon wieder nach seiner Angel gegriffen und fummelt an der rum. Für den ist die Diskussion gelaufen.

Hermann greift Mattes an der Schulter und schiebt ihn in Richtung Auto, ums Haus rum.
Wie der zetert.
Die Herren schauen denen hinterher. Einer guckt mich an.
»Probleme?«, frag ich.
Der schüttelt leicht den Kopf, und dann wieder Blick nach vorne, aufs Wasser.
Ich höre das Auto aufjaulen. Ich höre Reifen rotieren.
Ich denke, wenn der es drauf anlegt, dann kommt der heute Nacht wieder. Wenn kein Hermann dabei ist.
Der kommt gerade zurück, sagt, dass jetzt gut ist. Dass Mattes weg ist.
Keine Entschuldigung. Nichts.
Ich frage, wie lange die denn heute gedenken zu angeln. Und ob der Käse damit dann auch gegessen ist. Oder ob die morgen auch wieder auftauchen.
Ja, sagt er, eigentlich sei Montag ja gerade die Krönung.
Da schnauf ich.
Dann lass ich fallen, dass mein Vater morgen kommt. Dass der von der ganzen Angelei hier nichts weiß. Dass es wohl klüger wäre, das Ende vorzuziehen.
Hinter mir drehen sich Köpfe.
Dann sage ich noch, dass es ja schade ist, dass das Ganze so enden muss. Zumal ja nächstes Jahr nichts mehr stattfinden wird.
Das wäre ihm ja sicher bewusst. Dass das alles hier eingeebnet wird.
Sobald es neue Besitzer gibt.
»Tja, schade eigentlich«, sag ich und gehe dann einfach zurück ins Haus.
Und hinter mir geht eine Welt unter.

*

Wenn ich groß bin, will ich so sein wie du. Möchte ich sagen, aber sie greift meinen Arm und zieht mich rein. Zerrt mich in die Küche, schaut raus und flattert.
Meine Schwester, das stärkste Mädchen der Welt.
Sie schaut mich an, sagt: »Haste schon mitbekommen, oder?«
Ich weiß nicht, was genau sie meint, aber ich nicke.
»Wenn der heute Nacht hier auftaucht.«
»Wer?«, frag ich.
»Mattes. So wie der gerade drauf war. Hast du nicht gehört, was ich alles bin? Und du? Dem hilft auch kein Ablass mehr.«
Die Zeit der Witze ist vorbei.
»Lass den ja keine Freunde haben«, sagt sie.
Sie setzt sich an den Tisch und sagt, dass sie nicht mehr raucht, seit zwanzig Monaten raucht sie nicht mehr, aber der verdammte Jieper ist immer da, und gerade jetzt.
Sie schaut auf die Uhr, es ist eins. Um acht ist es dunkel.
Sie fragt mich, ob ich mich noch an nützliche Details aus *Kevin – Allein zu Haus* erinnern könnte.
»Jetzt wart doch mal, der kommt bestimmt nicht«, sag ich. »Der hat ein bisschen rumgeschimpft und schimpft zu Hause noch ein bisschen weiter, dann trinkt der was, dann sagt der seinen Freunden, wie doof du bist, und dann geht er ins Bett und morgen sind wir eh weg.«
Aber sie ist unruhig. So kenn ich sie gar nicht.
»Hast du gehört, wie der mich genannt hat?«
Ich nicke.
Sie sagt, dass sie mal schauen will, ob der Wagen offen ist.

Ob da was drin ist. Im Kofferraum. Wagenheber oder so. Ansonsten ist da ja auch noch die Werkstatt.
Und ich will sagen, dass ja nichts passieren wird, und selbst wenn, was will sie denn machen, dem Typen den Schädel einschlagen?
Ich will Witze machen, aber dann denke ich dran, dass ich jeden Abend alle Türen abgesperrt habe. Wie der Großvater das damals gemacht hat. Weil wir hier so weit draußen sind.
So fangen Horrorfilme an.
Sie ist schon aufgestanden, geht zum Wagen. Sie kommt zurück mit dem Wagenheber, mit einem Schirm. Sie geht in die Werkstatt, da ein Hammer. Eine Holzbohle.
Dann sitzt sie da und denkt nach.
Der kommt schon nicht, denk ich. Der wär doch blöd. Wenn er kommen würde. Richtig blöd.
Sie fragt, ob ich mich mit Fallenstellen auskenne.

Der Himmel zieht sich zu, so schnell, dass die draußen alle nach oben starren, dass sie plötzlich ihre Sachen zusammenräumen, dass sie alles einpacken.
Hermann klopft ans Fenster, sagt, dass man das meiste jetzt schon verstaut hätte, weil es eine Unwetterwarnung gegeben hätte. Den Rest würden sie dann eben Dienstag holen. Das sei nun mal so.
Die haben Angst vorm Vater, der ist hier nicht beliebt.
Dann sagt er nur noch, dass er dann mal weg ist. Und ja. Und zwei Finger zum Abschied an die Schläfe. Gott zum Gruß. Weg sind die.
Anni schaut zum Fenster raus, guckt mich dann an und fragt, ob ich mit ihr mal ums Haus gehe.

Ich frag nicht, warum, ich nicke und geh ihr nach.
Der letzte Wagen fährt gerade davon. Die Tische sind abgebaut. Das Stromkabel eingerollt und wieder im Schuppen. Der Schuppen zu.
Als wären die nie da gewesen.
Wer war denn jetzt der beste Angler? Haben die überhaupt was gefangen oder wollten die nur nicht zu Hause sein?
Anni schaut, macht die Fensterläden zu, die kann man von innen sichern. Eine Tür vorne, eine Tür hinten.
So kenn ich sie gar nicht.
Sie geht alles ab, sie sagt, dass ihr nichts mehr einfällt. Türen und Fenster verrammeln und bis morgen warten.
Das krieg ich aus ihr nicht raus.
Als würden bei Einbruch der Dunkelheit die Vampire kommen.
Also machen wir alle Läden zu, innen das Licht an, sperren die Türen zu, stellen Flaschen davor.
Machen Feuer. Falls der böse Wolf zum Schornstein hineinwill, sag ich, und sie sagt: »Bist du dir sicher, dass das ein Wolf war?«
Dann ist nichts mehr zu tun. Dann sitzen wir und sollten was essen, aber wollen nicht. Ich mache einen Tee. Ich hole die Rommékarten raus und wir spielen, wir machen eine Liste und zählen die Punkte. Wir spielen Runde um Runde. Das Radio läuft leise, da nur Klassik, da nur Feiertag, da nur Programm und Sonntag.
Sie schaut auf die Uhr, es ist fünf, es ist halb sechs, es ist sechs.
Ich mache eine weitere Kanne Tee, dann sehe ich, dass da noch Schnaps ist, der von vorgestern, den stell ich dazu auf

den Tisch. Schwesterchen schaut mich an, nimmt die Flasche, gibt sich und mir je einen Schuss in den Tee.
Ich denke, irgendwann ist es so spät, dass man sagt: »Der kommt nicht mehr.« Dass sie sich entspannen kann. Nicht mehr auf die Uhr schaut, zum Fenster. Geisterstunde vorbei.
Draußen stürmt es, draußen sehen wir nicht, weil eben die Läden zu sind, wir hören nur, wie es klappert, scheppert, draußen ist es nur dunkel. Im Radio sagen sie, dass es schon Tote und Verletzte gegeben hat. Außerdem Hagelschäden.
Und man solle doch im Haus bleiben.
Dass es vorerst keine Entwarnung gibt.
Es ist acht Uhr und draußen braust und saust es.
Sie redet nicht, sie spielt nur, sie zählt Punkte, sie schreibt auf, sie mischt die Karten und teilt aus. Sie trinkt Tee und sortiert die Karten auf ihrer Hand. Sie schaut zur Uhr.
Und wenn er kommt?
Dann laufen wir.
Dann verstecken wir uns.
Dann kann er so viel pusten, wie er will, das Haus ist aus Stein, nicht aus Holz, nicht aus Stroh.
Es war doch ein Wolf, oder?
»Warum sind wir eigentlich hier?«, fragt sie mich und schaut mich dabei nicht an, guckt nur in ihre Karten.
»Hier war alles immer gut«, sag ich.
Ich sammle Könige. Ich habe eine Reihe von Karos. Mir fehlt die Acht und die Fünf. Das ist keine Reihe.
»Das war's?«, fragt sie.
Ich zucke mit den Schultern.
»Du lügst«, sagt sie.
»Wenn wir die Nacht überleben, erzähl ich's dir«, sag ich.

»Das ist nicht witzig.«
»Nein, soll es auch nicht sein.«
Ich ziehe eine Acht. Dann geb ich ihr noch einen Schnaps.
Irgendwann sagt sie: »Ist es das denn noch?«
»Was?«
»Gut. So wie damals.«
Ich muss gar nicht nachdenken. Ich kann gleich Nein sagen.
Und den Kopf schütteln.
Ich sage nichts.
Es ist kälter hier.
Und kleiner.
Und grauer.
Und so alt. So vergessen. So leer.
»Nee, oder?«, sagt sie.
»Nee.«
Sie legt eine Kreuzreihe raus, zählt durch, legt dann noch drei Asse dazu.
»Das reicht nicht«, sag ich.
»Das reicht wohl, wenn du genau durchzählst, du Honk.«
Sie zählt vor, ich sage okay.
Dann legt sie eine Karte ab.
»Bei mir im Haus ist letztens eine Frau rumgeirrt«, sagt sie. »Ich bin fast durchgedreht, weil ich allein daheim war und es in der Gegend Einbrüche gegeben hat, und dann hat ein Freund angerufen, weil er um die Ecke auf eine Party wollte, der kam dann vorbei. Stellte sich raus, die war alt und verwirrt, hat die ganze Zeit gesagt, dass sie eigentlich hier wohnt, aber dass sie es nicht findet. Und dass alles so anders aussieht. Wir haben dann die Polizei gerufen.«
»Und dann?«
»Die war aus einem Heim in der Nähe. Muss wohl vor der

Wende wirklich im Haus gewohnt haben. Das sah da aber eben noch sehr anders aus. Denk ich mal.«
Dann sagt sie: »Verdammte Vergänglichkeit.«
Sie schaut hoch, legt die Karten auf den Tisch, sagt: »Tabula rasa, Benediktus.«
»Was jetzt?«
»Jetzt machen wir ein Osterfeuer.«

Es hat nicht geregnet. Es hat nur gestürmt, jetzt ist der Himmel klar, der Mond hell und laut und dick und fett. Hier und da ein paar Wolkenfetzen.
Auf dem Hof nur der Wagen.
»Wir brauchen Platz«, sagt sie.
Ich weiß nicht, was sie vorhat.
»Hol mal Holz«, sagt sie. »In der Werkstatt ist noch ganz viel.«
Und kommt dann trotzdem selbst mit, schaut sich um, da ein Tretroller, da ein kleines Fahrrad in platt, kniehoch und kupferfarben. Da der kleine blaue Traktor.
»Das alles«, sagt sie. »Wir machen unserer Kindheit den Garaus.«
»Aber das brennt doch nicht.«
Sie geht ins Haus, sie holt das Spielzeug, die Karten, die Stifte, die Bücher, die wenigen, die wir immer und immer wieder angeschaut haben.
Ich baue einen Scheiterhaufen aus dem Holz, aus allem Papier, ich mache Feuer, es fängt, es lodert, es brennt.
Und sie: rennt rein und raus und kommt immer wieder mit neuen Sachen zurück.
»Ich glaub, ich hab alles«, sagt sie irgendwann. »Magst du auch mal gucken?«

Ich schüttel den Kopf.
Sie hat uns Tee geholt, ich trinke, sie hat uns auch noch Schnaps reingegeben.
Da stehen wir und schauen dem Feuer zu.
»Du musst mir noch die Geschichte erzählen«, sagt sie.
Ich denke ja, das muss ich, wenn, dann ihr.
Aber sie sagt: »Du kriegst die Tür nicht zu«, weil da ein Wagen auf den Weg zum Hof biegt.
Sie schaut ihren Tee an, stellt ihn zur Seite und greift sich ein Stück Holz.
»Anni«, sag ich.
»Alles gut«, sagt sie.
Der Wagen hält, strahlt uns dämlich dramatisch an.
Dann geht die Fahrertür auf und er steigt aus.
Ich frage mich, ob er allein ist.
Er schaut sich nicht um.
Kein anderer steigt aus. Er geht auf uns zu, hebt den Zeigefinger, als wollte er sie belehren, ihr eine Lektion erteilen, »DU!«, sagt er.
»Und wenn er kommt, dann raufen wir«, sagt sie leise zu mir, und dann laut: »Willkommen im dritten Akt, Arschloch!«, und rennt auf ihn zu, mit dem Holz in der Hand, als wäre sie auf Vampirjagd.
Sie rennt und schreit. Und er bleibt stehen, kurz, dann nimmt er Reißaus.
Anni jagt ihn ums Haus, ich hinterher, er vorne, er stolpert, er fällt fast, er berappelt sich, er rennt und schaut über die Schulter, während Anni schreit, was sie alles mit ihm anstellen wird, wenn sie ihn kriegt, wenn er stehen bleibt, renn nur, renn um dein Leben.
Er muss betrunken sein. Anders kann ich es mir nicht

erklären, denn er wusste, weiß doch eigentlich, wo das Angelloch anfängt, aber er rennt und schaut und guckt nicht richtig und stolpert und fällt, rumsbums, ins Wasser.
Und dann steht Anni da und ich dann auch, wir schauen, wir gucken, ob er ertrinkt, er jammert ein bisschen, er spuckt Wasser.
Dann fressen ihn die Raben.
Er strampelt rum, das Ufer ist glitschig und steil und nichts da, weil es eben kein See zum Schwimmen ist, weil es nur ein dämliches Angelloch ist mit vielleicht einem Wels, der vielleicht ein Ungeheuer ist.
Dass er darin verrotten kann, schreit sie ihm zu.
Was er denn gedacht hat, was passiert, wenn er hier aufschlägt.
Ich lege Anni eine Hand auf die Schulter.
»So, und jetzt entschuldigst du dich!«
»'tschuldigung«, kommt es von unten.
»ICH HAB DAS NICHT GEHÖRT!«
»ENTSCHULDIGUNG.«
»WOFÜR?«
»Anni, ist doch gut.«
»Nein, Mann, so läuft das nicht mit dem Beichten, du musst auch zugeben, was du falsch gemacht hast, bevor dir vergeben wird. VERSTANDEN?«
»Der ist doch betrunken.«
»Und auch das sollte ihm leidtun! Betrunken Auto fahren!«
»Es tut mir leid«, sagt er.
»Und was sagst du zu meinem Bruder?«
»Tut mir leid.«
»Und die Beleidigungen, die ich mir heute von dir anhören musste?«

»Sorry.«
»SORRY?«
»Anni, komm, reicht jetzt.«
Ich schiebe sie beiseite und beuge mich nach unten, sag ihm, er soll nach meinem Arm greifen. Und mithelfen.
Und dann zerre ich ihn raus.
Er steht da, klappert mit den Zähnen.
»Lungenentzündung sollste kriegen«, sagt sie.
»Anni, Karma!«
»Ist doch wahr.«
Ich schieb ihn zum Feuer und dann hole ich eine Decke, aber er ist nass und wird nicht mehr warm.
»Hier bleibt der bestimmt nicht«, sagt Anni.
Er hat sein Handy im Auto, das hol ich, dann ruft er Hermann an.
Wir warten am Feuer, Mattes schweigt und zittert. Häuflein Elend. Siehst du das, Anni, der Spuk ist vorbei.
Irgendwann kommt Hermann, halb offiziell, mit einem Kollegen, der mit aussteigt, der sehr offiziell Fragen stellen will, was denn hier passiert ist.
»Lass mal«, sagt Hermann.
Er zieht Mattes hoch, muss nicht mal fragen, ob er noch fahren kann.
Dann redet er mit dem Kollegen, der schiebt Mattes auf die Rückbank.
»Das Feuer«, sagt der Kollege, aber Hermann winkt ab.
Heute nicht mehr.
Der Kollege fährt mit Mattes von dannen, Hermann steht da und scheint was sagen zu wollen, vielleicht aber auch nicht. Setzt sich dann in den Wagen von Mattes, startet, einmal Lichthupe, dann fährt er weg.

Als wir das Auto nicht mehr sehen, frag ich: »Ist das gerade echt passiert?«
Sie zuckt mit den Schultern und schaut ins Feuer.
»Wie spät ist es eigentlich?«
»Bestimmt nach Mitternacht«, sagt sie.
»Bestimmt schon fast Morgen«, sag ich.
»Und jetzt kommst du«, sagt sie.
»Ja«, sag ich.
Dann von vorne.

Vater hatte gesagt, ich solle doch pünktlich daheim sein, weil Anni kommt. »Deine Schwester kommt heute«, hat er gesagt, und dass ich mich zu zeigen habe.
Und ich habe gesagt, versprochen, dass ich da sein werde. Um sechs Uhr abends. Ich hab das sogar selbst geglaubt. Aber ich hab Vaters Gesicht gesehen, als ich es versprochen habe. Dass ein Gesicht abwinken kann. Das glaubt man kaum.
Ich war in der Schule, und nach zwei Stunden war ich nicht mehr in der Schule, ich bin an den Fluss gegangen, es war warm, hinter mir die Pappeln, vor mir glitzerndes Wasser, so ein Klischee, dann noch zwei Schwäne. Verdammte Natur. Aquarell für Anfänger.
Ich wollte eigentlich nur mal kurz woanders hin, dahin, wo eben kein anderer ist, einfach mal durchatmen. Ich dachte, eine Pause reicht. Und wenn nicht, dann komm ich eben später zur dritten. Aber die dritte ist vorbeigegangen, dann die vierte. Irgendwann war der Vormittag um, dann sind die Üblichen vorbeigekommen, haben Biere dabeigehabt, aber ich wollte gar nicht trinken. Die haben mich in Ruhe gelassen. Mia kam auch, und irgendwann war auch die Mittagspause vorbei, und ich war immer noch da am Fluss. Mia hat gefragt, ob ich mitkomme. Zur Schule, hat sie dann gesagt. »Kommst du?«

Ich hab nicht mal Nein gesagt, nur mit den Schultern gezuckt. Ich hab das gar nicht so ambivalent gemeint. Nur gedacht: Ich hab keine Ahnung, ob ich mitkomme.
Und nach der Schule kamen wieder welche zum Fluss, die sind dann aber bald wieder ab, weil es doch zu kalt war. »Kommst du?«, hat wieder einer gefragt, und ich hab wieder mit den Schultern gezuckt, der hat aber dann gesagt: »Ja oder nein?«, und die Antwort war nicht Ja.
Irgendwann hat sich der Himmel zugezogen.
Ich bin dann in Richtung Innenstadt, bin einfach nur gelaufen. Hab mich in ein Einkaufszentrum gesetzt und mir die Rolltreppen angeschaut, und dann gedacht, wie schnell wohl so eine Rolltreppe ist. Ich habe dann herausgefunden, dass eigentlich alles genormt ist, selbst die Geschwindigkeit einer Rolltreppe, und ich hab das nicht mal auf Deutschland geschoben, das muss wohl so sein.
Aber: Ich habe es selbst herausgefunden. Keiner hat mir gesagt, dass ich das als Hausaufgabe aufhabe, es war nicht wichtig für eine Klausur. Es war einfach eine Information, die habe ich gebraucht, die habe ich gefunden.
Ich hab überlegt, wann ich das letzte Mal etwas gelernt habe, weil ich es lernen wollte.
Ich hab mir dann eine Mate gekauft und bin geblieben, bis das Einkaufszentrum zugemacht hat. Und das war später als sechs. Das war um zehn. Und eigentlich machen um zehn nur die Geschäfte zu, bis alle dann draußen sind und das Gebäude wirklich abgesperrt wird, das dauert dann noch mal eine Weile, es ist dann nach 22 Uhr, und dann dauert es ja noch, bis man bei uns ist. Vor allem zu Fuß.
Unten war noch Licht. Da war der Vater und hat noch gearbeitet, und Mutter lag im Bett, bestimmt mit einem

Buch auf dem Bauch, das sie bestimmt fertig lesen wollte, wenigstens ein Kapitel, aber dann hat sie das doch nicht mehr geschafft, nicht mal zwei Seiten hat sie geschafft, ist eingeschlafen.
Und meine Schwester war da, das Fenster in ihrem Zimmer oben stand offen. Das war ja damals gar nicht ihr Zimmer, als sie noch bei uns gewohnt hat, das hat sie ja aufgeben müssen, als sie ausgezogen ist. Hat Vater ihr gesagt, dass sie ab dem Zeitpunkt Gast ist.
Und das hat sie gar nicht mal gestört.
Ich bin da hochgeklettert, was nicht so schwer ist, wie man denkt.
Ich sage ihr das jetzt, habe ich gedacht.
Und nicht gewusst, was ich ihr sagen will.
Aber wenn, dann ihr.
Ich bin durchs Fenster gestiegen, hab das Licht angemacht, da ist sie wach geworden.

Am nächsten Tag erst der Rüffel vom Vater. Dann der vom Tutor, unentschuldigtes Fehlen. Ich hab gesagt, dass mir schlecht war. Abmelden hätt ich mich müssen, sagte der, und einer aus meinem Kurs meinte, das stimme doch gar nicht, dann ging die Diskussion ohne mich weiter. Und nach der Stunde bin ich wieder an den Fluss. Und es ging auch ohne mich weiter. Einfach so.
Keine Welt geht unter, kein System bricht zusammen.
Ich hab mich umgeschaut nach Ritzen, durch die man fallen kann.
Erst ein Tag. Dann noch einer.
Bin daheim geblieben. Die meisten hat's nicht gejuckt, nur Mia kam vorbei, weil sie gedacht hat, dass ich krank bin.

Aber ich war ja eh die meiste Zeit am Fluss, oder irgendwo. Nicht daheim, und wenn, dann nicht im Bett.
Ich hab jeden Tag was gelernt.
Ich hab mich in die Buchhandlung gesetzt und fast ein ganzes Buch durchgelesen, bis die das gecheckt haben, dann bin ich in die Stadtbücherei. Da kann man auch sein.
Und dann war plötzlich eine Woche um.
Dann habe ich gegoogelt, wie man seine Schulausbildung abbricht.
Das war so einfach, wie googeln eben ist, aber vor allem ist mir dabei gar nicht schlecht geworden, ich hab keine schwitzigen Hände gekriegt oder so.
Ich hab nur gedacht, aha, sieh mal an. So geht das also.
Dann habe ich im Sekretariat angerufen und mich vergewissert. Und selbst dann – ich hab gar nicht meinen Namen genannt, das war der auch egal, die hat einfach Auskunft gegeben, gesagt, sobald ich achtzehn bin, kann ich das selbst in die Hand nehmen. Dann muss ich nur ein Formular bei ihr ausfüllen, unterschreiben, dann gibt es einen Stempel. Und meine Unterlagen kämen dann per Post oder könnten an eine andere Schule weitergeleitet werden.
Ganz ruhig hat sie das alles erzählt. Ganz de facto. Als würde sie mir erklären, wie ich zum Bahnhof komme. Oder so.
Ich war dann noch mal eine Stunde in der Schule, da hab ich hinten dringesessen und aufgepasst und mich bei allem gefragt, inwiefern mich das weiterbringt. Und aufgeschrieben, was ich da lerne. Das waren zwei Sachen am Ende der Stunde.
Das war ein bisschen wie »Die Sonne geht am Morgen im Osten auf und am Abend im Westen unter«, und das wird dann 45 Minuten durchexerziert. Wann ist die Sonne im

Westen zu sehen? Am Abend! Was ist am Abend im Westen zu sehen? Die Sonne!
Es grünt so grün, wenn Spaniens Blüten blüh'n.
Dazu noch bestimmt fast fünfzehn Minuten Abitur, Abitur, Abitur.
»Da muss man durch«, hat mein Tutor gesagt, als eine meinte, dass sie kaum noch schläft, weil sie so viel lernt, weil sie ja den ganzen Stoff der letzten beiden Jahre noch mal, da hat er mit den Schultern gezuckt und gesagt: »Ja, so ist das halt. Willkommen im Leben.«
Dass uns das aufs Studium oder die eventuelle Lehre vorbereiten würde. Das wird alles nicht leichter.
Vielleicht das. Dass ich gedacht habe, das sagen die uns seit Jahren. Seit dem Kindergarten. Ab jetzt »Ernst des Lebens«. Und dass es immer schwieriger wird. Warte nur ab, das wird noch derber. Aha.
Hey, du machst Abi? Viel Glück, das ist hart, aber wenn das erst mal vorbei ist, dann wird's noch härter.
Ich hab dann meine Tasche genommen, es hatte noch nicht mal geklingelt, okay, ich hab die vollen 45 Minuten nicht ganz durchgehalten.
Ich hab die vollen zwölf Jahre nicht durchgehalten. Nicht ganz.
Uns haben sie die Woche vor Ostern freigegeben, aber am Dienstag nach Ostern sollte es wieder weitergehen. Das Sekretariat war am Tag vor Gründonnerstag, am Mittwoch, an meinem Geburtstag, trotzdem auf.
Ich war in der Nacht wach, ich war um zwölf Uhr nachts noch wach, als ein paar schon »Happy Birthday« geschrieben haben, einer hat angerufen und gefragt, ob ich irgendwo am Feiern bin.

Ich hab in meinem Bett gelegen, hellwach, halogenwach. Und bin zwar irgendwann eingeschlafen, aber dann doch wieder vorm Wecker aufgewacht. Den hatte ich mir gestellt.
Ich hab mit den Eltern gefrühstückt. Bis der Vater los ist, weil er noch mal ins Büro musste, ganz kurz (Mutters Gesicht, weil sie allein packen musste), und Mutter hat mir dann den Schlüssel für ihr Auto gegeben, weil ich ja bestimmt noch Sachen erledigen müsste.
Dann hat sie überlegt und mir gleich einen der beiden Schlüsselringe in die Hand gedrückt, da war eben der Schlüssel fürs Auto dran und dann noch ein anderer.
Den kannte ich gar nicht.
Hab dann Mutter gefragt, und sie hat kurz nachdenken müssen. »Ach, von Opas Haus«, hat sie gesagt. Hat sich den Schlüssel genommen, noch mal geschaut und dann genickt.
Dann hat sie den Tisch abgeräumt und angefangen Koffer zu packen.
Ich bin sofort zur Schule. Bin ins Sekretariat, da saß die eine, die Ältere, schaute mich an und fragte, ob ich mich verlaufen hätte, und dann hat sie gekichert.
»Nein.«
»Was kann ich für dich tun?«
»Ich würde mich gerne abmelden.«
»Von was?«
»Der Schule.«
»Ach. Geht's an eine andere? Dann bräuchte ich die Adresse, damit ich denen die Unterlagen schicken kann.«
»Nein, keine neue.«
»Ausbildung?«
Ich hab den Kopf geschüttelt, dann gingen ihre Augen-

brauen hoch, aber ich war ja nicht der Erste, der jemals die Schule geschmissen hat, und werde auch nicht der Letzte sein, und sie hat selbst ja auch kein Abi, das hat sie später dann noch gesagt. Ich hab Sachen unterschrieben, ich hab ihr meinen Perso gezeigt, dann hat sie mir zum Geburtstag gratuliert.

Das Gute ist, dass sie mir nicht ins Gewissen reden wollte oder so. Kein »Hast du dir das auch reiflich überlegt?«.

Ich bin das alles schon auf dem Weg im Auto durchgegangen, im Kopf, auf dem Parkplatz, hab nachgedacht, was sie wohl alles sagen wird, durch welche brennenden Reifen sie mich springen lässt, ob ich erst mal mit einem Vertrauenslehrer reden möchte. Aber als sie gesehen hat, dass ich achtzehn bin, vielleicht hat das gereicht.

Was weiß ich.

Und dann hab ich einen Umschlag mit Papieren bekommen.

Danach bin ich einkaufen gefahren.

Dann nach Hause. Dann ausgeladen, dann noch mal einkaufen gefahren, dann Getränke kalt gestellt, dann Kuchen gebacken. Mutter fragte noch, ob sie noch schnell einen Salat machen soll. Ach was.

Und meinte, dass ja Anni auch da sei. »Ich koch bestimmt nichts«, hat die gesagt.

Die stand da rum, schaute auf ihre Uhr, ging dann wieder hoch ins Zimmer, weil sie noch schnell einen Gedanken aufschreiben wollte, hat sie zur Mutter gesagt.

Als die Eltern dann loswollten, musste sie wieder runterkommen, weil sie ja dann doch irgendwie als Aufsicht von denen bestellt war oder so, egal.

Dann kamen die Ersten.

Und Chips haben welche mitgebracht, einer ein Steak, weil er dachte, man würde grillen.
Aber darum geht es gar nicht.
Mia war irgendwann da, da saß Anni schon draußen bei den Jungs, da kam Mia und sagte, dass sie mir schenkt, dass sie und drei andere morgen kommen würden, aufräumen und so. Damit die Eltern nicht weinen müssten. Damit ich feiern könnte.
Sei ja auch die letzte Feier vorm Abi, hat sie gesagt. »Das stimmt wohl«, hab ich gesagt.
Ich hab Wasser getrunken. Die haben noch gefragt, was denn los sei mit mir. Ich hab allen irgendwas erzählt. Straight Edge, hab ich einigen gesagt, schwanger nur einem, und der guckte kurz und sagte »Echt?«, und es hat viel zu lange gedauert, bis der Groschen fiel. Echt zu lange. Du bist mit ein Grund, hab ich gedacht, aber gut.
Schwester hat ja auch nichts getrunken, aber geraucht wie ein Kühlturm.
Und Mia wieder. Dass irgendwas sei.
Da hatten alle schon nach Pizza gefragt. Da hatten schon welche geklagt, dass sie Hunger hätten.
Da machte sich der eine schon sein Steak und sagte, er sei wenigstens vorbereitet.
Man hätte bestellen können, aber ich wollte fahren.
»Kannst du noch fahren?«
Wieder die Flasche Wasser hochgehalten. Mia hat sie mir aus der Hand genommen und einen Schluck draus getrunken.
»Aha.«
Anni kam an und sagte Sachen, freute sich auf die Pizza, und ich hab gesagt: »Du kommst mit.«

»Ben«, hat Mia gesagt, »was ist denn los?«
Festgehalten hat sie mich. »Ich kenn dich seit hundert Jahren, ich weiß doch, wenn was …«
»Ich hab die Schule geschmissen«, hab ich gesagt, dann hat Anni plötzlich nach mir gerufen, nach mir und Pizza, und die Jungs draußen haben sie nachgeäfft.
»Jetzt wart doch mal«, hat Mia gesagt, da mein Schlüssel, da die Jacke, das Handy und die Schwester.
Mia gesagt: »Später«, und sie: »Später!«
Dringend.
Anni hinter mir, das Plappern.
Kicherte, quatschte, so war sie die ganze Woche vorher nicht gewesen. Ich hab sie da in den Arm genommen und sie hat mich nicht abgeschüttelt, sie hat gesagt, dass die Trauerweide wirklich traurig ist, ob es der Regen sei, und noch was. »Wo warst du denn die ganze Woche?«, hab ich dann gefragt und sie ins Auto geschoben, das hat sie gar nicht gehört, das hat sie gar nicht beantwortet.
»Wie geht es dir eigentlich?«, hab ich im Auto gefragt, da hatte sie schon die Augen auf halbmast. »Ich hab Hunger«, hat sie noch gesagt.
Ich hab den Wagen angelassen und erst mal dagestanden, da wurden die Sitze unter uns warm, und sie hat gebrummt und die Augen dann ganz zugemacht.
»Hunger«, hat sie gesagt, eine Flasche Limo im Arm.
Ja, hab ich gedacht, so was wie Hunger.
Und dann bin ich los. Und ich bin sogar in Richtung Pizzeria gefahren. Aber dann war da der Schlüssel, der geklimpert hat, oder weil da plötzlich stand, dass es nur noch acht Kilometer in Richtung Autobahn sind, bin ich weitergefahren.

Ich bin ja nur den Schildern hinterhergefahren.
Das Auto hat den Weg gekannt.
Das hab ich doch gesagt, dass das Auto den Weg gekannt hat. Genau so war das.
Oder so.

Ostermontag

Es ist jetzt Ostermontag, denk ich. Glaube ich. Ich bin mir nicht sicher.
Ich sitze also neben ihr, das Feuer brennt noch, wird langsam kleiner.
Dann steh ich auf und singe, sage:
»Now this is a story all about how my life got flipped, turned upside down and I'd like to take a minute just sit right there I tell you how I became the prince of a lake called Mausmeer.«
»Haha.«
Mir ist nichts anderes eingefallen. So wie sie dagesessen hat und geschwiegen.
Ich setze mich wieder zu ihr, es ist kalt, es ist eben nicht Sommer, es ist noch nicht mal Frühling.
Sie hat auch die ganze Zeit nichts gesagt.
Ich sage: »Danke, dass du mich nicht unterbrochen hast.«
Und dann:
»Jetzt kommen die Fragen.«
Sie zuckt mit den Schultern. Sagt: »Welche Fragen?«
»Wie hast du dir das nur vorgestellt? Was willst du jetzt aus deinem Leben machen? Anderen Kindern geht es viel schlechter als dir.«
»Das ist ja gar keine Frage.«
»Ja«, sag ich.

»Ach Benben.«
Sie nimmt meinen Arm, hakt sich unter, nimmt meine Hand.
»Du musst sagen, dass ich endlich mal erwachsen werden muss. Verantwortung übernehmen.«
»Mensch Ben, werd doch endlich mal erwachsen. Und jetzt?«
»Du musst sagen, dass ich die Abmeldung schnellstmöglich nach den Feiertagen rückgängig machen muss.«
»Jaja, mach mal. Wenn du willst.«
Das Feuer knackt.
»Und wenn ich nicht will?«
»Dann laufen wir«, sagt sie.

Wir sitzen jetzt hier und warten, was passiert.
Und was passiert ist, dass wir warten.

Außerdem von Tamara Bach im Carlsen Verlag lieferbar:
Busfahrt mit Kuhn
Jetzt ist hier
Marienbilder
Marsmädchen
Vierzehn
Was vom Sommer übrig ist

Vielen Dank dem Künstlerhaus Edenkoben und dem Land Rheinland-Pfalz für das Landeskind-Stipendium, ohne das es dieses Buch nicht geben würde!

Umschlaggestaltung und -typografie:
Kerstin Schürmann, formlabor unter Verwendung von Fotos von
shutterstock.com / © Olga Tropinina, Alexander Tolstykh, irin-k
Lektorat: Katja Maatsch
Herstellung: Karen Kollmetz
Satz: Dörlemann Satz, Lemförde
Druck und Bindung: GGP Media GmbH, Pößneck
ISBN 978-3-551-58380-2
Printed in Germany

FSC
www.fsc.org
MIX
Papier aus verantwortungsvollen Quellen
FSC® C014496